峠三吉バラエティー帖

―原爆詩人の時空における多次元的展開―

天瀬裕康

溪水社

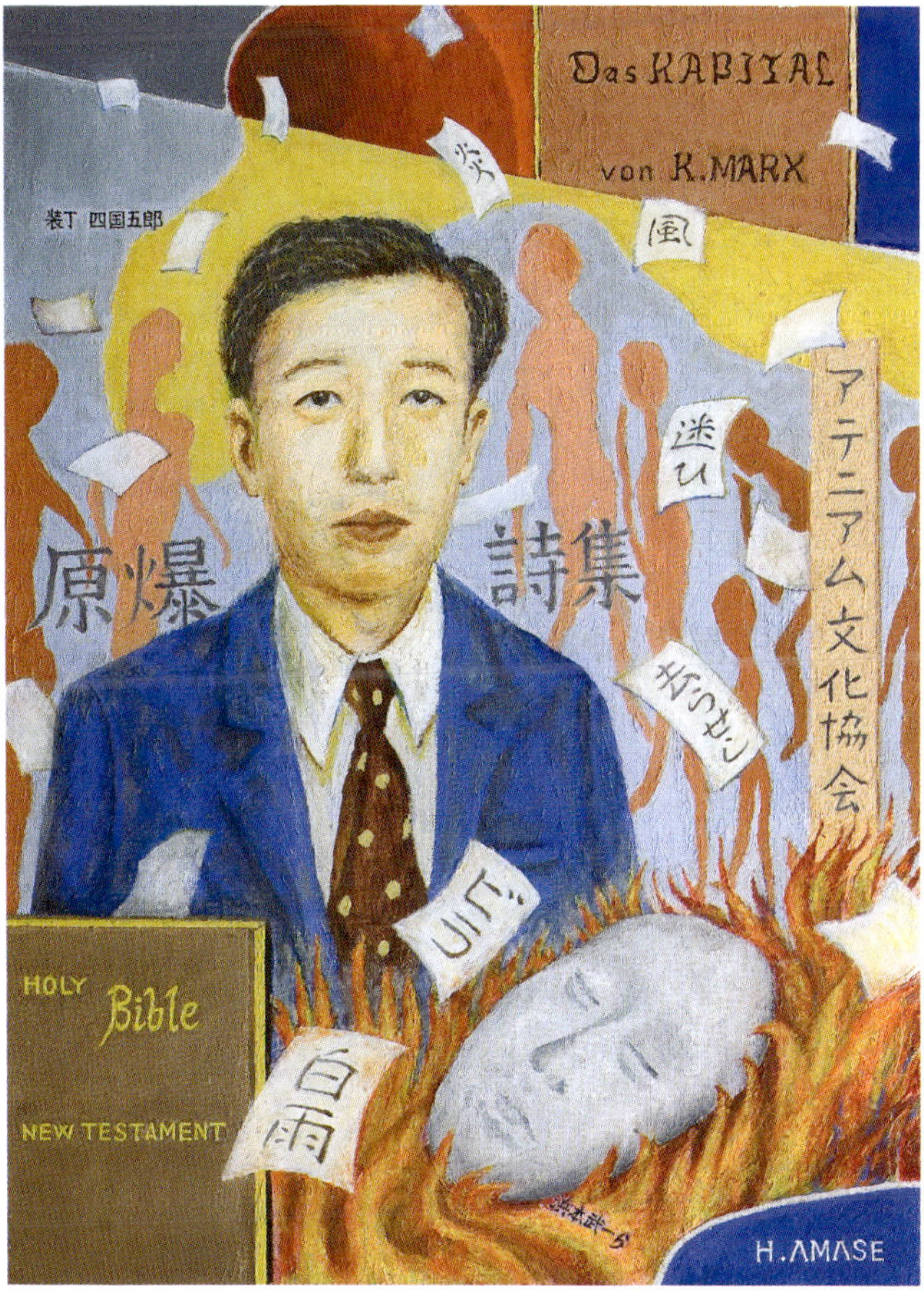

「峠三吉コラージュ」P12 号、第 58 回広島平和美術展出品
（2012 年 8 月 2 ～ 7 日、於広島県民文化センター）

政治的な信条の
いかんに係わらず
芸術的な立場の
いかんに関わらず

まえがき

広島は、碑の多い都市です。

詩碑、歌碑、文学碑……その多くは慰霊碑でもあります。原爆で亡くなられた人たちへの鎮魂の想いを込めて建てられたもので、平和公園やその周りに集まっています。

原爆文学を語ろうとしますと、必ず出てくるのは大田洋子（一九〇三～一九六三）、原民喜（一九〇五～一九五一）、峠三吉（一九一七～一九五三）の三人でしょう。

ご三家とでも申しますか、原稿用紙に換算した作品の量もこの順になりますが、亡くなられた早さからいえば、原民喜・峠三吉・大田洋子の順となります。

この中で碑前祭がよく行なわれているのは、原民喜と峠三吉です。大田洋子はいま一歩人気がわきませんし、原民喜の文学は少し難解だ、という声も聞かれました。

その点、峠三吉の詩は分かりやすい、というのが一般的な評価で、多くの支持者がいることも事実ですが、彼の業績が研究し尽くされたわけでもありません。

例えば平和公園内にある峠三吉の詩碑には、《〈ちちをかえせ　ははをかえせ……〉で始まる『原爆詩集』「序」の詩が彫り込んであります。これにしても注釈は無用、そのまま強く訴えかけてきますが、意外なことも隠れているようです。

峠三吉の評価は、ひとまず確定したものと思われますが、あの序詩にしても、スローガンとかアジテーションだとか、あまり感心しない批評を聞く場合もありますし、三吉アレルギーと言ってもよいほどのものを感じることさえあります。

その場合、『原爆詩集』だけで判断される人がおられるかもしれませんし、彼がクリスチャンで共産党員だったことが影響しているのかもしれませんが、一部の作品だけで思い込んだり、文学の評価に宗教や政治を持ち込むのは、疑問が感じられます。

それでこの本では、政治や宗教を含む伝記的事項には重点を置かず、俳句の面からの分析など広く文化活動の面から彼自身と彼の業績を眺めてみました。彼は大阪生まれですが幼時から広島で育ち、広島で死んだ広島の詩人でした。そのせいもあって広島の人の名がたくさん出てきますが、興味のないところは飛ばして読まれてもかまいません。

峠三吉研究とすれば風変わりなものかもしれませんが、まあ雑文の寄せ集めに創作も加えた文字によるバラエティーショー、絵画で言えばコラージュのようなものです。

文体も、「まえがき」「あとがき」および創作の一つは「ます」調であり、その他は全部「である」調ですが、引用の部分を除けば同一の項内では、文語体と口語体が混ざらないようにしました。

ついでながら引用文は《二重ヤマ括弧》で示し、長い場合は行を変え二字オトシ、詩や短詩型文学の場合は三字オトシにしました。なかには現在の人権意識からみて不適当なものがあるかもしれませんが、原文の意を尊重して、そのままにしました。

また本文中では文章の流れによって、おおむね敬称を省略しております。年月日の表示は、原則として和暦漢数字（西暦表示）としました。峠三吉の日記や覚え書が、「昭和二十年十月三十一日」式に書かれているからです。年齢はハッキリわかるように36歳のごとく、半角のアラビア数字を用いました。

それでは、どうぞ……。

目次

第一章　年譜の行間（大正六年二月〜昭和二十年七月）

第1節　生い立ちと周りの状況

月並みだが、伝記的事項から始めてみよう。

峠三吉は大正六（一九一七）年二月十九日、父・峠嘉一と母・ステの第五子として生まれた。兄は一夫と匡《ただす》、姉は嘉子と千栄子の計四名だ。

生まれたのは大阪府豊能郡岡町（現・豊中市）だが、これは大阪高等工業（現・大阪大学工学部）卒の嘉一が品川耐火煉瓦大阪支社に勤務していたからである。

しかし、その年の五月に彼は退社し、出身地の広島に帰って宮島耐火煉瓦㈱を立ち上げ、日本ホロタイルの専務取締役にも就任した。

宮島耐火煉瓦は、のちに世界遺産となる宮島の対岸、広島県佐伯郡大野村（現・廿日市市《はつかいちし》大野町）にあった。私が住んでいる大竹市の東隣である。JRの山陽線大野浦駅に立つと、往時は丘の上に大きな二本の、四角い煉瓦の煙突が見えた。三吉もこのあたりで遊んだそうである。

丘の前は入江になっており、満潮のときには一〇〇トンくらいの船なら横づけ出来る岸壁があって、工場の入り口になっていたという。

さらにそれより山側には古代の一級国道だった山陽道が走っており、万葉集では高庭駅（現・高畑）と呼ばれている土地があり、肥後の国から都へ上る途中この地で急死した、大伴熊凝《おおとものくまこり》という18歳の少年がいた。のちに山上憶良《やまのうえのおくら》はその故事を偲び、少年になりかわって歌六首と「序」を残した。大野町高畑には憶良の、

出でて行きし　日を数えつつ　今日今日と　吾を待たすらむ　父母らはも

という歌碑が建っている。幼時の三吉がそれを知っていたか否かは定かでないが、幻想の彼方に在る大野村の短い日々は、原光景の中に潜み続けたように思えるのである。

さて現実の大野村は、もともと漁業の盛んな地域であり、明治以後は製材製函業や胡粉製造業は興ったが、本格的な工業は少し遅れていた。

西隣の玖波町（現・大竹市玖波町）までは山口県営電力線が来ており、東隣の佐伯郡地御前村（現・廿日市市地御前）までは広島電灯会社線が来ていたが、大野村は電力事情から言えば、空白の谷間にあったわけだ。

そこで村をあげての電力誘致・工場誘致が行なわれ、大正五年に電線が架設された。峠社長の宮島耐火煉瓦㈱が設立されたのは大正六年八月十一日だったから、よいところへ目を付けた

といえる。もう一つ好都合だったのは、近くの能美島の粘土は赤煉瓦に最適で、地場には既に煉瓦製造の素地があり、煙突を作るのも容易だったであろうし、主力とする装飾煉瓦には、宮島焼用の上質な土を使うこともできた。

こうして二十五万円の資本金による近代的な工場がつくられた。これは当時の大野村の企業水準からすると倍以上の額だったが、それには経済的な背景もあった。

もともと峠家は広島の旧家で、嘉一の兄は三井財閥の大番頭と姻戚関係にあった。また母親のステは、佐賀藩の祐筆《ゆうひつ》だった中島宣飛《のぶたか》の五女で、佐賀女子師範学校を最優秀で卒業した才媛だった。祐筆とは物書きのことで、佐賀では高級士族である。

三吉は恵まれた家庭に生まれたわけで、一家は安芸の国の国泰寺村（現・広島市国泰寺町）に転居したが、さらに中心部の広島市大手町に移った。

しかし、よいことだけが続くものではない。三吉は大正十一（一九二二）年、5歳のときに百日咳で瀕死の重症となり、以後は体の弱い子として育てられ、翌年、関東大震災の年に、近くの大手町尋常高等小学校に入学した。ここは優秀校ではあったが、峠家の兄や姉は、みんな高等師範附属小学校に入っていた。三吉だけが近くの学校へ行かされたのは、病弱だったせいだが、多少の不満はあったかもしれない。

ところがここには、幸運も用意されていた。彼は大正十四年に、担任の教師として若杉慧に巡り会う。若杉はのちに作家となり『エデンの海』などの青春文学と、晩期の野仏研究で名を残した安佐郡戸山村大字阿戸（現・広島市安佐南区沼田町阿戸）生まれの作家だ。彼の『老幼夢幻』（昭和六十年六月、言叢社）に、こんなところがある。

《（前任者が書いていた出席簿によって、）トウゲサンキチと呼ぶと、教壇のすぐ下から小さい子が立って、「ぼく峠ミツヨシです、サンキチではありません」といった》

若杉が「サンキチでけっこう」と言い、みんなも「サンキチ」と呼ぶようになるのだが、学校に来るときの母や姉の着飾った服装に触れ、《こんな服装なら音楽会か劇場へ行くのがよかろう》と述べ、「裕福な家庭だろう」と推論している。この頃、三吉は小倉百人一首を暗記していた。

この教師は文士を育てる才能もあったのか、神戸市立神戸尋常高等小学校に移ってからも、担任の生徒の中にいた島尾敏雄や陳舜臣の才能を伸ばしている。

さて、翌一九二六年の十二月二十五日に大正十五年から昭和元年に変わったが、残りが少ないので、すぐ昭和二年になる。

この昭和二年には、父親の宮島耐火煉瓦の事業が傾き、母親のステが敗血症で病死している。享年44歳であった。これは10歳の三吉に、大きなトラウマ（精神的障害）を残したに違いない。さらに長男一夫は旧制第三高等学校（現・京都大学）に進学し、長姉嘉子は三戸直（住友銀行勤務）と結婚した。三吉にとっては、家庭環境の激変である。

翌三年には次兄・匡が修道中学に入学し、四年には、次姉・千栄子が高等女学校を、三吉が小学校を卒業したが、左翼活動をしていた長兄・一夫は三高を放校された。千栄子と匡は一夫の影響を受けていた。一夫は三吉に少年向け左翼雑誌の『少年戦旗』を買い与えたが、三吉にはなにか怖いもののように思えたようだ。

小学校を卒業しても、病弱な彼はすぐ進学出来ず、翌五年に広島県立商業学校（以下、広商と略す）に入学する。これには病気の問題だけでなく、中学―旧制高校―大学というコースを選べば、兄・一夫のように左翼活動に走りはせぬかという懸念があったため、父親が実業学校へ進ませたらしい。

彼が入学したのは昭和五年四月六日、竹屋にあった広商玄関わきの桜が、ちらほら咲いていた頃で、志望者千二百人のうち、百五十人が入学したという。

だが十月に、一年生の教室を含め校舎の半ばが焼けた。翌年四月に岡山県立笠岡商業学校長の赤木雅二が校長として赴任し、「広商精神は焼けず」と墨書した標柱を建て、再建を図った。それで九年十一月に、南の江波にある汐溜め池を埋め立てた場所に新築移転したので、十年三月に卒業した三吉たち三十三回生は、最初の江波卒業生になった。

苦労した仲間は思い出が強いのか、同級生が書いた『創立七〇周年記念誌』では、三吉は「ミツヨシ」となっており、《よく白いホウタイを首に巻いて》いたが、『原爆詩集』は《驚きであり、また誇りでもある》と述べてある。なお同誌には、原爆劇『島』で新劇戯曲賞を受賞した堀田清美（三十九回生）が、「演劇部」を書いている。

授業の中では、漢文と習字の紀本国吉先生（雅号・翠窓）が三吉に目をかけ、漢詩的な筆法を指導し、三吉は優より上の程《てい》を貰っていた。昭和五年当時のカリキュラムでは、同系の市立商業学校でも漢文の時間があり、『論語』が入っていたようだ。

また『広商百年史』によれば、体は弱いがすでに俳句を嗜んでいた三吉は、図書室や公徳販売の委員をしていた。公徳販売は赤木校長の発案によるもので、無人の文房具販売である。それなりに存在感を出せたわけで、卒業前の二月に級友ら四人と撮った写真では、珍しく口を開け歯を出して笑っている。彼の写真は微笑《ほほえ》んだものは多いのに、笑っている顔は少ないのだが、広商時代には楽しい時期もあった、ということだろう。

ところがその昭和十年、18歳の三吉は広島県立商業学校を卒業したものの、発熱・喀血で肺結核と診断される。これは誤診だったが、寝たきりになった。

そして昭和十一年の春、広島ガス㈱に入社したが、一日出社しただけで発熱し、寝込んでしまう。寝たきりの三吉は、詩・短歌・俳句を新聞・雑誌に投稿し続ける。


次兄の匡は修道中学卒業後、阪急百貨店に就職したが労働組合運動に参加し逮捕され、刑務所内で結核にかかる。釈放されたが22歳の同十一年十一月、自宅で病死した。

女学校を卒業したあとの千栄子は、母なきあとの家事をしていたが、共産青年同盟に加わり、日本の中国侵略に反対し、広島をあとにして首都圏へ出て行く。

三吉自身は病み、不幸な出来事が続くように思われた。幼少の頃の、天国のような恵まれた生活と比べると、不安な日々の連続だった。

ただ一つの救いは、宗教にあるように思われた。彼は嘉子の影響で、洗礼を受ける。昭和十七年に、プロテスタントになったのである。

だがそれは、キリスト教が迫害を受けた時代だった。病弱な峠三吉は、なぜともなく反体制の側に立つ運命にあったのだろうか。

第2節　俳句を始める

被爆前の峠三吉の作品は、詩人としてまだ有名でなかったせいもあって、短詩型文学と総称される俳句や短歌も無視されがちだが、まず俳句から見てゆこう。

三吉他界の翌年に出された『峠三吉追悼集　風のように炎のように』（以下、『追悼集』と略す）の中には「峠三吉俳句抄」があって、標準的感覚から是認されそうな十七句が収録されている。他に増岡敏和の『八月の詩人』や、阿部誠文の『峠　三吉・左部赤城子——戦争前夜の俳句——』（以下『峠・左部』と略す）なども参考にしたが、もっとも多く収載しているのは青木書店の『峠三吉作品集　上』（以下、『作品集　上』と略す）の六五七句だから、これを底本として述べてみたい。

三吉が俳句を始めたのは広商時代からだが、ノートなどに俳句が残っているのは卒後の昭和十一（一九三六）年、19歳のときからである。その年の句は、

我が庭は貧しくあれど花尽きず

親猫の仔をさがしをり秋の雨

などで、我流のせいか秀句とはいえないものの、優しさがある。

花と言えば平安時代の一時期は梅だったが、以後、少なくとも短詩型文学においては、一般的に桜の花を指してきた。しかし「桜の花が尽きずに咲いている」とは考えにくいので、ここは、「いろんな花が年中咲いている」の意味ではあるまいか。

だとすれば、これは「春」の句ではなく、無季句としたいのだが、一般に彼の句は無季のものが少なくない。

峠三吉が俳句に取り組んでいたのは、無季・非定型の新興俳句が勃興していた時代でもあった。これは次章でも取り上げるが、彼は昭和十二年、20歳の頃、九州の左部赤城子《さとりせきじょうし》（本名・寿一郎）に師事して、本格的な勉強をしている。

左部は明治三十三（一九〇〇）年四月十一日、群馬県に生まれた。旧制二高（仙台）から東大経済学部を卒業し、エリート官僚・実業家から昭和七年に門司市第二助役となり、九年には久恒夏吉らと俳誌『我等』を創刊し、さらに十四年には『新大陸』を創刊、十五年には改組して『俳句文学』を興した。十六年には北九州文化連盟を創立、会長は火野葦平で副会長が左部赤城子。火野の母親が庄原市の出身なので、ここらで広島との繋がりが生じたのかもしれない。

作風としては連作俳句、多行俳句、無季俳句などを残しており、正岡子規・高浜虚子以来の伝統的な流派とは異なっていたようだ。三吉は『俳句文学』の同人となり、深い影響を受けたが、彼自身の素質によるものも大きかったと思う。

昭和十二年の句は、「潮鳴り」と「葦笛」の題で残っているが、

戦捷の灯の濤《なみ》にゐて月は見ず

は、「日支事変俳句・川柳壱万句集」に入選した。赤城子の影響は定かでない。

昭和十三年は「砂城」、十四年「星雲」、十五年「緑地《オアシス》」、十六年「無題」、十七年「再建」十八年「朱泥」、十九年「折々に」と題が付いているが、戦況が逼迫するまでの句を、ざっと眺めておきたい。

この第一句は初めて活字になったものだが、その他まず全体として、春、夏、秋、冬、新年のハッキリしたものを若干選んでみよう。

春惜しむ宵や青磁の壺一つ　（春）

風おちて蝶々唄を忘れたり　（〃）

草崖に春荒の風吹き当る（〃）
呼びあへぬひとの名夜半《よは》の八重椿（〃）
薔薇盛れる玻璃壷の蔭にある聖書（夏）
空蝉の月夜の石にすがりをり（〃）
幻日やおとがいほそき蟻の貌（〃）
追憶を五彩に咲かす花火哉（〃）
みみずなくひとりの夜の手が細い（秋）
桟橋の鬼灯売りや秋暮るる（〃）
秋林に雲の流れの止まらず（〃）
さぼてんの影長うして暮るる秋（〃）
凩の行方の如き読経かな（冬）
枯芒ぬけてやさしき風となる（〃）
ひらひらと雪降り月夜ゆくひとり（〃）
オリオンや夜も吹かれ屹つ大枯木（〃）
若水を使ひて今朝のちから哉（新年）
元朝の大空裁つや凧の糸（〃）

元日や住み占したる小さき家　（〃）
歌加留多一夜を人と逢ひ別れ　（〃）

自然詠よりは人生詠の傾向があるが、主観は幻想的である。花鳥風月を詠んでも、伝統的な写生とは少し異なるようだ。

花では春の桜は少なく、秋のコスモスがわりと多い。実の生《な》るものに関しての季語では、ゆすらうめ（梅桃）の花は春で実は夏だ。柘榴《ざくろ》の花は夏、実は秋で、どちらも詠んでいるが、柘榴の実は泡立つような喀血を思わせることもある。数句並べてみよう。

最初の句の「罩」は、「入れ包む」ことである。

桜花あをく宵闇地より罩《こ》む
ゆすらうめまなざし杳《とお》き母と居る
ゆすらうめ昔恋ほしと噛むべかり
なまなまし柘榴の花か世の奈落
コスモスの揺れるリズムに雲流れ

風月・天文関係では、火星などの惑星、一部の星座が詠まれており、月は多いが、讃美するような太陽は見いだしにくい。夕日、没日、落暉などはあるが、日の出が少ないのである。
次の七番目の句の「火の星」は、火星ではなくて地球のことかも知れない。ちなみに、海野十三が「火星兵団」を「東日小学生新聞」などに連載し始めたのは昭和十四年で、当時の三吉は22歳だから、この影響を受けたとは思われないが、天文テーマを詠み込んだものを、少し並べてみよう。

嶽高し宇宙の夜をおろがみぬ　(昭和十二年　以下、昭和は略す)
風吹けばふっと消えそな春の星　(〃)
星一つ凍る夜菊は枯れて立ちぬ　(〃)
朧夜の空気にんげんを軽うする　(十三年)
蜂うなり太陽森羅育てしむ　(〃)
運河暗く大オリオンの夜空かな　(〃)
火の星に生くる寂しさ極まりぬ　(十四年)
ソーダ水運ぶボーイに銀河生る　(〃)
すばる座の繊《ほそ》くにほへる夜の冬木　(〃)

魚に似る人と想ひぬ火星輝る　（十五年）
梅の園の花より白き星生る　（十六年）

連作と考えられるようなものには、みみづなく五句、ゆすらうめ四句、コスモス六句、秋林四句、レントゲン五句などがある。蝋涙六句（昭和十四年）については次章で述べるが、「銀」もときどき出てくる。

ニヒリスト運河沿ひゆく銀の月
もの言へぬままに死ぬのか霧は銀
たんぽぽや春野遥かにバスの銀
一日は時計の銀を拭き昏《く》るる

彼の句には金よりは銀のほうがよく出てくるし、「銀の月」という表現が意識に残るが、この「ニヒリスト」の句が作られた昭和十二年という年は、次兄・匡が肺結核で病没した翌年だ。20歳の自分も療養の身、ニヒルになるのも無理はないかもしれない。痰壷がよく出るし、病にからんだ句が多いのも当然であろう。

次に疾病関係をならべる。最初の句の「りひか」は、病人の患部や手術部に直接布団などが触れないように保護する器具のことだ。

天体の底の離被架《りひか》に囲はるる
菫草くすりの瓶に挿しにけり
兵を見て撫《ぶ》すわが脛《すね》の乏しさよ
レントゲンの光りに立てり魚のごとく
秋蒼し月にかざして掌《て》をみつむ
月かげの樹幹のいのち片あかり
我が血採りししろき人ゆく廊の涯
透視終へて歩む霰の石畳
血を吐いて氷山のにほひに睡《ねむ》うなる
掌のひらに止血剤白し星凍る

弱者としての自分と同じように、幼弱な子どもたちにも労わりの眼差しを持っていた。

幼き日に似たる思ひや貝ひろふ
少女あり春の渚に下駄をぬぐ
少年の白帽に散る松の花
初蝉や泣きつつ道をゆく童
河鹿追ふ子の背に懸る滝の虹
ひがん花叱られし子が来てむしる

こうした目線は戦後の詩にまで続くのだが、三吉もやはり時代の子であった。戦争詠を逐年的に眺めておこう。

時事俳句的には、昭和十三年にも、《軍事便風雨に桜吹き散る日》のような句があるが、戦争詠が多くなるのは、大東亜戦争の始まる十六年からである。

日野草城や東京三（秋元不死男）ら新興俳句の連中が前線想像俳句を作ったのは十五年までくらいだが、三吉の句は銃後の句でもあった。

泥に伏す兵士の首の守り紐　（十六年）
敵射角蔽ひてしづかなる軍さ　（十七年）

海兵のトラック行くや裸木濡れ　（十七年）
照空燈消えて華やぐ寒の星座《ほし》　（十八年）
編隊機大落暉より帰り来る　（十八年）
箱作る野菜の路地に遺骨還る　（十九年）

この「編隊機」の句は、七月に朝日新聞社賞を受賞している。

昭和十七年六月十四日に師の左部赤城子が急死して以後、短歌や童話に比重がかかってきた。しかし三吉の俳句には、既成の概念から来る佳句とは違う、奇妙な味がある。三吉には平凡でないセンスがあった。

阿部誠文が『峠・左部』において指摘した、峠三吉俳句における「幻視の世界」という見方は鋭い切り口である。三吉文学には、いくらかファンタジー的・怪談的・SF的な部分もあったと言えそうなのだ。

それは短歌、詩、小説にも関与しているのだが、あとでまた触れることにしよう。

第3節　短歌の世界で

峠三吉が短歌を始めたのは俳句と同じ19歳の頃、昭和十一年の早春からである。その記録は「紅鶴」、「饗宴」など四冊のノートに整理されており、昭和十九年の冬までに書かれたものだという。

当時広島の歌誌には、本田白花の「山脈」、山隅衛の「晩鐘」、山本康夫の「真樹」、幸田幸太郎の「むくげ」、岡本明の「言霊」などがあった。三吉が師とした岡本は、広島高等師範学校教授（国文科）で、昭和十年に歌誌「ことだま」を創刊したが、のちに題号を「言霊」に変え戦意高揚歌を発表する。『毎日新聞』の広島歌壇選者だったので「師」と考えたわけだが、三吉は結社には入っていなかった。

もう一人の師は、『療養生活』誌の療養歌壇選者だった石村英郎である。これも投稿による師事だった。初めて活字になったのは、

はろばろと八重の潮路に吹きてくる南の風に海の香りあり

という、昭和十二年に『療養生活』に載ったものである。

結社には属していなかったものの、『昭和万葉集』には五首載っているから、一定の実力はもっていたのだろう。この歌集は、昭和元年から五年までを収めた巻一から、昭和五十年を回顧した巻二十と索引・補遺の別巻を入れた二十一冊を、昭和五十四年に講談社が刊行したものだ。括弧内に収録されている巻数と、書いた昭和の年数を記しておく。

白き棺に釘打つ音は耐へ難しうから黙《もだ》し見守る中に　（巻三、十一年）
永く病みて少女も遂に逝きたりと聞きける宵の雲朱に灼く　（巻三、十一年）
五月雨にぬれて光れる舗装路を傘かたむけてゆきあひし人　（巻四、十二年）
家人にかくれ取り出す止血剤冬の夕べの掌《て》の上に白し　（巻四、十二年）
敵捕虜を囲み犇めく群衆の憎しみの中に我も混りつ　（巻六、二十年終戦前）

第一首の「うから」は親族の意味で、次兄・匡が病没したときのことであろう。この巻のⅥ「愛と死」の「兄弟・姉妹」の項に見られる。次は「師友を」の項で、短歌や俳句をさかんに新聞雑誌に投稿していた頃である。三番目は巻四のⅣ「愛と死」の「愛」の項、四番目は「病み臥して」の項に入っている。最後の歌は巻六のⅡ「勝利の日まで」の「戦時下の世相」の項にあるが、捕虜の側に立っての内省的な目が感じられる。渡辺直己のようなヒューマニズムの目である。

峠三吉の短歌を広範に、そして深く掘り下げたものとしては、歌人・相原由美の「癒えたきかなや―歌人　峠みつよし」が優れている。これは「広島に文学館を！　市民の会」（代表・水島裕雅）が二〇〇八年七月に刊行したブックレットＶＯＬ３の『峠三吉を語る・くずれぬへいわを』（以下『峠三吉を語る』と略す）に収載されたものだ。

省略が作品完成への基本的手法である俳句に比べると、短歌の場合は字数にまだ余裕がある。病気や家庭内のこと、時勢の流れなど九年余のことを、前掲の『作品集　上』や『八月の詩人』（前掲書）などを参考にしながら、逐次的に眺めてみたい。

昭和十一年は次兄・匡が病没した年で、『昭和万葉集』にも載っているが、次のような作品もある。

去年の秋兄と採り来しこの野菊あはれに咲きて兄はいまさず
白き衣の看護婦の腕淫しく夜半燈下に兄は死にゆく

黒き衣の姉等の足袋の真白さよ凩吹きて寒きこの朝

思想犯の長兄・一夫が出獄し、日中戦争が始まった昭和十二年当時、三吉は一夫について、また自分の病について、こんなに詠んでいる。

刑務所より出でし日の兄の大股に街歩き廻り物など購ふ
つとめはたし持ち帰り来し兄が金、われの医薬に使はれにけり
牢ゆ出し兄が茶碗を取り落としかく滑らなる碗知らずといふ

愛ふかきうから四人にまもられてわれは安けく血をば喀《は》くなり
喀き喀きてなほ止めあへぬわが血かな頬の涙は姉にかくさず
真夜深く血泡《けつほう》鳴る胸おさゆとき『第五』が聞ゆ『第五』が聞ゆ!

昭和十三年に国家総動員法・国民健康保険法が公布され、政府は東亜新秩序を声明し、兄・一夫は満州に渡った。

赤紙を受けたりければと入り来る友としばしをうち眺め合ふ
病む父とわれなる家につとめ来てチョッキ縫ひくれし看護婦ありき
こころざし立てて始めし本屋をば友は残して召され征きたる

昭和十四年になると、病状は横ばいだが国家による経済統制は厳しくなり、不要鉄製品の回収、金の国勢調査が実施された。白米禁止令も出ている。

滅ぶ日のその日も潜り来し指輪その金無垢の色の愛《かな》しさ
元気を出せ元気を出せと兵隊の友は言ひつつゆきて帰らず
姉が病ひ癒へよと祈る夜の窓に今のぼりゆくオリオン星座

恋歌、叙情歌を含めて、作品数が多くなるのは十五年頃である。「紀元二千六百年」が歌われ、日独伊三国同盟が締結された。

ハイネの詩に傍線紅き此の詩集あねがむかしのものにありしよ
音楽無くて何の牛甲斐といふあねに音楽幼稚園ひらかせたきかな

アラディンのランプの魔物呼び出さむ『健康』をもて!!『天才』をくれ!!

次兄・匡が病没して五年――。初恋の従妹・井上光子が他家に嫁いだ昭和十六年は、大東亜戦争の勃発にも増して、ショッキングな年だったであろう。

人一人嫁ぐにすぎぬことなるにかく越えがたき心の山あり
基督の書《ふみ》をひらけばはらはらと亡兄《あに》がはさめし薬方紙が散る
たはやすく我の泪《なみだ》を誘ひつつワグナーの楽はかくも美《うるわ》し

昭和十七年には、長姉・嘉子の影響でカトリックの洗礼を受けたが、戦争は苛烈になってくる。最後に出てくる「師」は、十七年に死んだ左部赤城子のことだ。相原由美の「癒えたきかなや」(前掲書)には、他にもう四首ほど載っているが、ここには『作品集　上』に収録されているものから引用した。

神を知らむと心砕ける我に似ず人らの面《おも》の何ぞ明るき
繋がるる捕虜を囲みて先ず突けと命ぜらるるか戦さは厳しも

中風病む父と肺病吾と寄りて梨分け食らう秋夜ひそけく
生《よ》をかけて仰がむ心定めたるその束の間に逝き給ふ師か

十八年になると、嘉一・三吉父子が同居していた三戸家が広島市翠町に転居したので、これに伴なって転宅している。三吉の病状は一進一退であり、ヨーロッパ戦線では、イタリアが降伏した。

七十の父が壕掘るその音が無花果の陰に止みては続く
穿しありて泡立ち昇る気胸器の音と重なり軍馬通りぬ
病むわれにかがすと姉が持ちくれし金木犀ぞ此の一と枝は

十九年には、さらに戦況が悪化していたが、横浜市で「城南航器」を経営していた次姉の今井家に、父とともに身を寄せる。

病むわれと添ひて旅ゆく老ひ父の寝顔を見ゐき車中灯のかげに
新しき家に仏壇を先ず据えて安らぐらしき父が坐り居

おだやかに疲れ充ちたる身を伸べて夕餉の前にイエズスを想ふ

二十年前半（被爆前）は、一月から義兄の経営する城南航器で働くが、四月に横浜は大空襲に遭う。

僅かなれどわが手に切りし鉄屑の床板に落ちかすかに光る
頭上の煙に衝き入る敵を凝視《みつ》めつつあの森までは走れと叫ぶ
あをぐろく麦波打たせおどろおどろ大火が起す風吹きすさぶ

横浜での空襲・罹災により城南航器は消失したので、六月に広島へ帰り、ふたたび父親と伴に、翠町の三戸家に同居する。

ここで短歌との縁は消え、詩と童話だけの時代になるのだ。豊田清史は、その著『広島県短歌史』において、三吉から見せられた短歌を《弱くて女々しいもの》と評しているが、必ずしも女々しいものではない。

三吉の俳句が超季であったように、短歌においても幻視があるのだ。

みなれざる星座も仰ぎ探検者のごとき心は誰も知らざらん　（十四年）

世の涯の氷河の奥の虚無の門そを過ぎて唯草の花咲く　（十五年）

樹がくれのカシオピア座を云ひ指すや汝がうべなひは声に出ださず　（十六年）

オリオンにまむかふ頃となりにけり時雨に濡れし梢《うれ》冴えざえと　（十七年）

灯を隠し息ひそめゐる一都市の七つの河に星座ちらばふ　（十八年）

最後の十八年の歌について言えば、米軍機が中国大陸の基地から北九州を襲ったのは昭和十九年六月、B29がマリアナ基地から東京を初爆撃したのは同年十一月だから、この短歌が詠まれたときには、まだ燈火管制だけだった、ということだろう。

ちなみに、内務省が教育映画『燈火管制』を作ったのは昭和十五年で、雑誌の短歌欄等には、十七年頃から防空意識高揚用の短歌が増えているが、三吉の歌には、それを超えた宇宙が感じられるのだ。

結核を見据えれば、ある程度の暗さはどうしても生じるのだが、三吉はそこに留まらず、幻想の世界に活路を探していたのかもしれない。

第4節　詩人の出発

峠三吉が詩を書き始めたのは、おおざっぱに言えば俳句や短歌と同じ頃だが、もう少し絞れば満州事変の始まった昭和六（一九三一）年、彼が14歳のときだろう。

好きなのは島崎藤村や佐藤春夫で、要するに抒情詩だった。活字になったのは昭和十二年八月、『療養生活』に入選した「幻影」が最初である。三吉は20歳だった。

戦前の傾向を知るために、『作品集　上』に収録された「抒情詩集」（1）～（3）の九十九編の中から「幻影」と「虹」を選んでみたい。

前記の『作品集』にはなくても、且原純夫が編集した風土社の『峠三吉全詩集　にんげんをかえせ』（以下『全詩集』と略す）からは、《詩集Ｉ鳩時計》中の「道化師の朝の唄」を転載させて頂く。ちなみに且原は、峠三吉および和子夫人の死亡前に峠の全詩稿を預かっていた人である。

その後に発見され『峠三吉を語る』（前掲書）に掲載された四編中からは、「心の園」を掲載させて頂き、以下に列記する。

幻影

月の夜なりき森たりき
青く沈める　森蔭に
しろがねの髯　金の杖
翁のひとり　佇めり、
おきなはぢっと　空仰ぎ
彫める如く居たりしが
つと手をあげて　蒼空に
はたと拳を抛てば
怪しきものの　矢の如し
上ると見えつ　中空に
ぱっと開きて　虻色の
光の傘と消えにけり、
消えゆくあとに忽然と

幻の如　影の如
妖しき国の　現れて
徐々にひろがり漂ひぬ、
光り輝く尖塔の
下に絢たる大伽藍
高き階　静々と
登れる人の　群も見ゆ
青き光の一瞬に
稲妻の如　煌めけば
ああその人の群れ中に
我は見たりき　見えたりき
わが亡き母や　はらからを、
東の方の白みては
すべては　夢と消え失せて
あとに残るは　西空に
かたむく淡き月なりき。

（昭和十二年）

道化師の朝の唄

紅と銀、爆《ハ》ぜくづれ、彩《イロ》も無く香ひも無く、
霙に塗れ　散りてゆく——、

掌《テ》の尖《サ》き、足の指尖きの、絶望の糸を切り放ち
堕ちゆかむ——、眼鼻無く　白けたる天、

何処にか在りし薄陽さす日よ、鞦韆《ブランコ》の少女揺れ揺れば
己が躬もゆれゆれて　杳く灯りし朱欒のランプ、

又或る日、其実の深き歩みはありき、なめ石の像戦く
森蔭に夜の虹懸り、　秘かに囁く匂ひの花、
哀れ真白なす墓標を抱きて彷徨ひし一幕よ、

首・首・首、踊れ！　呪はれの踊り、死踊り！
怖ろしき雑音の伴奏は始れり、笑ひ呆ける地層の蠕蟲、
さて、最後に残りし我、常の如踊りつつ地球を離れゆかむ！
ああ爆ぜくづれ、霙に塗れ　散りてゆく、
紅と銀、紅と銀。

（昭和十五年）

虹

私は　虹の　脚だった、
荒海越えた　向ふの国に
仄《ほの》かに　降りた　片脚が
そなた　であると　知ってゐた、
波　立ち消えて　潮《うしお》はながれ
をさない　虹は　うすれ　果てたが
私らの　心だけは、《ママ》秘めやかな　雲をまとひ

遠ひ　匂はしさの中に
虹　となって　立ってゐやう、
日も　去り
月　も　往って
すべてが　老ひ　朽《く》ち
忘れられる　とき　までも――。

（昭和十六年）

心の園

夕月は　み空に泛《うか》び
秋蝶　野をさまよひぬ
あはれわが妻は草にかくれ
冷き寝床に眠りぬ

よるべなふさまよふ蝶よ

何追ふとうなだれ飛べる
林に来よ　共に求めむ
此の宵に妻の覚むるを

汝よとはにわが心の園
黙すなと希ひ仰げば
雲にひろがるなれが笑まひ
山に昏れゆく　香りのしら花

（昭和十九年）

昭和十六年というと、俳句への情熱には翳りができており、十九年には短歌に対する関心は少なくなっていた。

朝島雨之輔の指導を受けて、詩や童話に移行しだしていた時代である。朝島は明治四十二年、北海道余市の生まれで、雨之助と書いたものもあるが、昭和八年に雑誌『新青年』に「青春薬局」を発表し、軽妙で風刺に富んだ筆致で注目されていた。のちに「靖之助」名義で専ら児童文学を書き、児童物の翻訳もしているが、三吉が目指していたものとの間にかなりの乖離が感じられ、いつとなく疎遠になったようだ。

三吉は鎌倉に住んでいた阿貴良一からも童話の指導を受けた。阿貴は明治四十四年、岡山生まれの作家・劇作家・画家で本名は江口章。昭和八年に大阪童話教育研究会に参加、NHK大阪で台本を執筆し、十年に大阪の劇団ドウゲキの美術・文芸部長になった。『新作児童劇集』(昭和十七年)などがあり、絵画グループ日の会会員でもあった。

のちに三吉は演劇にも興味を持つし、終戦前にも絵を描き、音楽を愛していた。戦後の多様な文化活動は、この頃に胚胎するのかもしれない。ともあれ昭和十八年七月には童話「シャボン玉とユリの花」を書き、二十年に横浜で空襲を受け、罹災した直後には、童話「百足競争」を書いている。

少し横道に逸れたが戦前の三吉の詩は、一言で表現すれば抒情詩であるが、これは特に非難されねばならぬほどの欠陥ではあるまい。詩にも童話にも優しさがあるのだが、時局はすでに極限まで逼迫していた。

昭和二十年六月に広島へ帰った三吉は、父親とともに八月六日、同居していた翠町の三戸家で被爆するのだが、ここからは章を改めてみよう。

第二章　日記の行間（昭和二十年八月〜二十八年三月）

第1節　被爆という現実

峠三吉は小まめに日記をつける性格だったようだ。

青木書店の『作品集　下』に収録されているのは、昭和二十年八月四日（被爆二日まえ）から二十八年三月九日（手術当日、一時間前）までで、各年には編集者により、次のようなキャプションが付けられている。

昭和二十年―原爆直後、二十一年―青年文化運動、二十二年―愛、二十三年―再生、二十四年―新しい進路、二十五年―溢れ、二十七年―生活と文学、二十八年―手術前

昭和二十六年、及び昭和二十五年八月六日前後は載っていない。政治的な問題があったものと推測される。

昭和二十七年四月十七日から、五月二十七日の期間も日記がない。これは静岡日赤病院に入退院した時期であり、結婚後も親しくしていた複数の女性の名前が出ていた可能性がある。和子夫人が破り捨てたものと推測される。

三吉は日記とは別に、テーマ毎の「覚え書」を数種類遺しており、これも『作品集　下』に

収録されている。

いま一つ重要なものとして、池田正彦・松尾雅嗣編『峠三吉被爆日記』（以下、『被爆日記』と略す）がある。これは昭和二十年七月二十九日から同年十一月十九日までの日記と、被爆直後から九月十五日までの「メモ――覚え書――感想」を、写真版で公開したものだ。したがって、不鮮明な部分もあるが、いくらか女性的でな几帳面に書かれた筆跡等がそのまま分かり、臨場感も増してくる。

峠みつぼし《ママ》名義の「覚え書」は、「昭和二十年八月（祖国危機に瀕してより）毎日日記を付くる事もあたはずなりぬ故に最後を此のノート一冊に據る」で始まっている。日記のほうは、八月四日以後は先述の『作品集　下』で見られるので、それまでを略記しておこう。

> 七月二十九日、晴れ、姉糸崎へゆく。当日わが体回復せず　倦怠の甚しきこと、痰の不快なること（後略）
>
> 七月三十日、晴、小町の保健所にゆきて診察を受け　赤沈、X線写真をとりもらふ（中略）夕方入浴のついでに父や余のシャツなど少しく洗濯したれば又血痰あり。

七月三十一日、曇、（前略）此の処少々わが人生目標を見失いたるが如し。体力欲し、体力あらば畑でも耕せむものを。

八月一日、晴、（前略）今は我等唯戦備を蓄へむ。

八月二日、夜隣家の若夫婦来り共にレコードを聴く。静かなる団欒の夜なり。

八月三日、晴、保健所に行きしが所長留守にてX線の結果も気胸も出来ず赤沈の結果のみを聞きて帰る。赤沈の結果は予想以上に悪く一時間四十二なりき。（後略）

八月四日以後は『作品集　下』に出ているので要点だけに止めるが、五日の昼は油絵の道具を出して自画像を描こうとしたところ、南の窓からの景色がよいので風景を写生している。二日夜のレコード鑑賞とも合わせ考えると、逼迫した世情からはやや遊離した生活態度のような感じがしないでもない。

運命の六日の朝は、今日こそは気胸をしようと、朝食を早めに済ませて、出かけようとした際、爆心から三キロ、翠町の自宅二階で被爆したのである。

その瞬間、三吉は傍にいた頼雄（長姉・嘉子の長男）を伏せさせ布団をかけた。そこへ姉が上がってくる。壁土で埋まった階段を降りると、階下はピアノ等も倒れ、惨憺たる有様。三吉の額からも濃い血が出ていたが、前額に拳《こぶし》大の腫れのある父親が壕から出てきたので、近くの兵士分宿所で父親の包帯を巻いてもらう。

夕方、専売局前の臨時宇品警察署へ行き、罹災証明と乾パンの支給を受ける。硝子の破片を片付け、仮眠。

　八月七日、各自階下の片付け。

　八月八日の日記によれば、近所の河内夫人が収容されている被服廠に行くが、再び訪れたときには死んでいた。八日の記載は詳細で長い。《殆んどが女学生なりしもののごときも無惨なりき》と。

　八月九日、ソ連参戦のことなど。

以後も日記は毎日続き、親類縁者等を訪ね、あるいはその用をなし、健康な者でもこたえるほど動き廻っている。これでは体がもつまいと思うくらいだが、それを丹念に記録しているのだ。

このあたりの惨状は、のちに詩となり、ここから『原爆詩集』への道が通じるのだが、大田洋子や原民喜のように、被爆直後から作品化に取り組んだのではない。

詳細に被爆を記録しているにも拘わらず、当初はもっぱら、作品化の使命を感じたというよりも、幅広い芸術運動を展開していたのである。

第2節　音楽と絵と言語芸術

広島市沼田公民館が昭和五十四年三月に発行した『若杉慧と郷土』の中で、若杉は三吉のことを、髪の毛のボヤボヤした色の白い気の弱い子で綴方はうまかった、という。

三吉は戦後、手紙や原爆の写真を送ったそうだが、若杉の記述によれば、三吉は、

《体格もむろん頑丈な方ではなかったが、声帯はしっかりして唱歌の発声もよかった。将来音楽家にすれば成功するかもしれぬと思われた》

と、書かれている。じっさい校内の唱歌会のとき、三年男子では三吉が、若杉先生の伴奏で「叱られて」を歌わされたという。

たしかに三吉には、音楽的な遺伝と環境があったようだ。家では母親のステがオルガンを弾いていたし、のちに長姉・嘉子がピアノのレッスンで生計を立てるようになる。父親の嘉一は謡曲の名手だった。

さらに言えば、嘉一が、宮島焼きに使う粘土を飾煉瓦の材料に使ったのも、美的素質によるものかもしれないし、こうした芸術的な素因が三吉に伝わったことは、容易に想像できるだろう。

峠三吉は、少年時代から絵をよく書いていたが、年譜によると昭和十年、18歳頃から日記を丹念につけ始めた。その中には、しばしば音楽や絵画についての記載もある。

左部赤城子の死後、朝島雨之輔の指導を受け、詩や童話に移行した点にはすでに触れたが、のちに朝島は冒険小説や海洋奇譚を発表しており、もともと三吉とは資質の違いが見られたため、違う世界の人になってゆく。

他方、劇団ドウゲキの美術・文芸部長もしていた阿貴良一からは童話の指導を受け、昭和十六年頃から作家として筆をとり、九月に「ヨハン少年物語――バルバラの恩返し」を書き、翌年には大阪製図学校の通信授業を受けている。

横浜で空爆に遭ったあとも、童話を書いたことはすでに述べたが、その後も病気は一進一退で、発熱・喀血を繰り返していた。戦況はますます悪化したが、広島被爆前日の昭和二十年八月五日の日記（『作品集　下』）には、次のように書かれている。

《ひる頃より油絵を出し南の窓より風景を写生す。自画像を描かむとしいたるなれど藍碧《らんぺき》の空や地の緑の光をながめいると急に風景がかきたくなりしなり》

本章の第1節でもちょっと触れたように被爆前日も天気がよかったことを示す文章だが、それにもまして重要なのは、三吉の美を愛する心であろう。

しかし、それも踏みにじられ、翌日の朝八時十五分、原子爆弾が落とされたのだ。そして戦後は詩論も含めた詩だけに生活を絞ってゆくのだが、ここで俳句や短歌のような短詩型文学を除く、言語芸術を纏めて眺めておこう。

これまでに題名を挙げていない童話としては、「お爺さんと娘」（昭和二十年十二月）、「虹」（二十一年三月）、「ドッヂ・ボール」（二十二年三月、憲法普及会応募作品・一位入選）などがある。小説としては、「遠雷」（昭和二十一年五月）や「薄月夜」（二十二年二月）、「鏡占い」（二十二年十月）などを書く。

エッセイ類は、『地核』（広島詩人協会機関誌、昭和二十三年創刊）などにも書いており、詩論、宣言などとともに、かなり多い。

ルポルタージュ（報告文学）としては、「たえまない闘いのなかで」（『新日本文学』昭和二十六年十月号）などがある。

学校劇「兄妹」（二十二年一月）も書いたというし、シュプレヒコールも残っている。

シュプレヒコールという言葉は、集団のデモンストレーションなどで、一斉にスローガンを唱和することを指す場合が多いが、古代ギリシャ劇の合唱のように行なう科白《せりふ》の朗唱や、その劇のことも言い、第一次大戦末期のドイツで起こった短い構成詩劇だ。

後者の意味でのシュプレヒコールを、三吉は二編書いている。「リベットの響き」と「人民解放の歌」で、ともに昭和二十四年の作だ。リベットは鋲のことで、橋や船などの鉄板の接合に使われてきた。作品は『作品集　上』（前掲書）で読むことができる。

辻詩の場合の絵は、主として四国五郎が描いたが、これについては、あとで述べることにしよう。

要するに三吉は、被爆直後と同じようによく出歩き、いろんな人と話している。そしてトラブルは自分の責任に帰し、それを記録した。この間、あらゆる言語芸術のすべてを実践していたわけだが、主体となってきたのは詩である。彼の戦前の詩は、いくらか幻想の混じった抒情詩だったが、被爆後・戦後の詩はどのようなものだったのだろうか。

第3節　被爆後の詩

被爆・敗戦のあと、峠三吉は徐々に創作もやめて、詩人だけに徹する決意を固めるのだが、それは容易なことではなかったし、基調には抒情が漂っていたが、少し経つと変化が起こる。戦後の詩を三点並べてみよう。二番目の「小さき星」は『全詩集』から、他は『作品集　上』からである。

夕暮に

まなかひの　島山の頂きに朱金の雲が立つ
明るいその影が　静かな内海に長々と映る
灰色の雲の端がその前に厳そかな影をのべると
いつか朱金の雲は崩れそめる、

内海の面に島山の影が滑らかに深まる
とほい雲のあひ間の透明な翡翠いろと
高い空の夢みる菫色とのつながりは
微妙な　うす雲の帯に　ぼかされる、

近寄り難いほど　静かに厳そかな
不動の空と雲の威容が
然し何故　このやうに　瞬間ごとに　大きな変化を続けてゐるのだらう、

あたかも　私たちの儚い想ひの移り変り
そのものが
きびしい永遠を伴ひ曳いてゐるやうに――、

無限に変化してやまぬものが　示す
不動の一瞬の美しさ！

（昭和二十年）

小さき星

心よ！　存在《ザイン》よ！
その　ひびきの　いとしさに、

君よ　仰がずや
躓きの　傷みを　置き、

みそなわせ
　純一なる　生命《イノチ》を！
みそなわせ
　真実《マコト》なる　過誤を！

生きの日の　愛寂の
聚落に

闇深く　応へるものよ
小さき　星よ。

（昭和二十二年）

怒りのうた

きのうまで　ミシンや車輌を生んでいた機械はとまり、労働者らは追われ
きょう、閉された工場の屋上に
にくむべき　警察のはたはひるがへる。
折られた旗ざおはつなげ、おお！
縛られたりょう腕はふりほどけよ！
たといわれらの血は埃に吸われるとも
われらの息は　けい棒の先に断えるとも――

擬されたピストルを　とつとつと老労働者は訴え
くびおれて背の児はねむれど女房らは去りもやらず、

刻々とかずを増して工場をかこむ　組合旗のゆらぎのなかに
うたとなるわれらの怒り。
唄となるわれらのなみだ。

かなた夕ぐれる木陰の土に　日鋼の労働者らたおれて睡り、
そのあたり　しずかに剛《つよ》し。

（昭和二十四年）

終戦直後の「夕暮れ」や翌々年の「小さき星」には、戦前と同じようなものが感じられるが、「怒りのうた」では、異なるものになっている。日本製鋼広島工場の首切り反対闘争に参加したときの詩で、彼は群衆のまえで杉田俊也とともに朗読した。杉田は当時、広島芸術劇場と人形劇団が合同したトランク座にいた。のち上京し、東京俳優生活協同組合に所属し、独特のしわがれ声で、多くの老人役を演じている。

これは一つの転機になるものだったが、違う傾向のときもある。「呉の街にて」という、前掲の『作品集』や『全詩集』などにも載っていない、あまり有名でない詩もあるのだ。

初出は広島で発行していた『新世代』10號で、昭和二十六年十二月十五日印刷、二十七年一月一日発行で、編集人・兼川晋、発行人・小久保均、印刷人・坂本壽である。小久保や兼川は広島大学の学生、坂本は昭和五年に「新興文学派」を結成した詩人で、昭和十六年の太平洋戦争勃発の夜から始まった新芸術運動への弾圧で逮捕されている。

脇道にそれたが、三吉の呉の詩を初めて取り上げたのは長崎生まれの評論家・山本健吉で、同年の『文学界』九月号の「同人雑誌評」においてであった。これは『広島文学』第二号（同年五月）が原爆を扱っていないこと、及び、峠三吉の詩「或る夜のコンサート」をボツにしたことを叩いたあとで、『新世代』に載った左記の詩に触れたのだった。

呉の街にて

外国の兵隊が大黒帽をかぶつておしめの干された裏町を通つた
だぶだぶの菜つぱ服の肩に鉄砲がひつかかり
泥靴が水をはねた

少年の頃どこかの露路できいたふし廻しがその群から流れ
いれずみの手を振つて行つた

つきそつた薬売りのようなかつこうの将校の眼に
透明なものを吊り落としたクレーンの向うの水平線が
刃物のように映つていた
何処にゆくのか彼らは知らない
薬売り将校もしらない
限りなくつづく金網の塀が、うす汚れた外国の旗をかかげ
貝殻のついた錆鐵の山が渇き
高架の上を、うしろ向きの機関車がひつぱる白い傷兵車
労働者の夫婦がドラム罐をころがして横切る道を
ネツカチーフを曳いた高級車がカーブし
ひつきりないジープの間を、シヤベルを背負つた爺さんが馳けぬける
割りこんで腰掛ける妙にぬくいパンパンの尻がバスの中にあつて

突然に入る隧道のしめつたにおいが
ライトを彩るところ
グワツ！
こね返された紅いもの、破れた碗形
いや　何でもない
西瓜が轢かれたらしい

（昭和二十七年）

この最後のところを、山本健吉は《結びは皮肉であり、効いてゐる》と書いているのだが、ここでもう一度「幻視の世界」を見直してみよう。

第4節　幻視の跡

峠三吉の文学歴の中で、もっとも早く離れたのは俳句だった。

しかし俳句こそが、三吉文学の基調を成していたように感じられる。その点、第一章第2節で述べた三吉俳句における「幻視の世界」は、重要な意味をもっているし、左部赤城子の句歴調査や阿部誠文の俳論精査は、峠三吉研究にも必要なことになるだろう。

短歌は俳句と同じモチーフで詠んだものが少なくないが、もともと俳句は短歌の前半が独立したものだから、ある程度までは当然である。

ただし俳句は、理屈ではなく感性で詠むものであり、どちらかというと思想を表出するには適していないだろう。その点では、むしろ短歌のほうがよいし、しかも三吉の短歌は人生詠が多く、俳句におけるほどの異端性は認められない。

逆に言えば、三吉の俳句は短歌以上に訴えるものを持っているのだが、それはそれとして、戦前で終ったかに見える短詩型文学、とりわけ俳句に注いだ三吉のエネルギーは、戦後、どこへ行ったのであろうか？

まず、三吉が俳句から遠ざかっていった戦争末期の短歌と詩から始め、戦後の詩、童話や小説へと探ってゆこう。
短歌では、次の作品が挙げられる。

あかときの暗き臥処《ふしど》に寝返りてふと見しはあかき死に頃の月（昭和十九年）

『作品集　上』に載ったもので、単なる病床詠ではなく、幻視のイメージが漂っている。ここで詩に移り、同書の「彗星」と『全詩集』の「ある夜のコンサート」を眺めてみよう。

彗星

彼方に他の人類が円く朧ろに照ってゐる、
かしこに神の力が鋭く方形に輝いてゐる、
私は此處に位置する、三者はゆるく桔梗色の
空間を無限に旋回する——。
私は今ぱりぱりと神の方へ引かれてゐる、体が粉々になりそうに、

噫　粉々に砕け飛びそうに。彗星《ホウキボシ》が飛ぶ！　ああ私の彗星が!!
そは私の、転生の輝く骸ろ《ママ》、

（昭和十九年）

ある夜のコンサート

ゆるゆると旋廻する煙草のけむりのなかで
追われた火蛾は天上の暗がりでとまどい
焼け毀れた石畳に危うく片脚をおいた男女の影像は
向きむきにおし黙ったまま幾度めかの瞼を閉じ合せる

高まりゆく二重唱のもつれにつれて
入江に近よる白い船は静かに錨を降し
とおい回想が玩具の星条旗をはためかせると
とどろく大砲の谺
垂れ下がる港町の風景

そして新しい星条旗のどんちょうに包みこまれるのは君か

どんちょうの裾からわずかに疼いた錆色の記憶が
水道管の噴水をちぎり投げても
この夜の呰の奥で
かすかなその音が
どうして交み合せた指にとどこう
〈炎天の　あのうごめきは　虚妄であったか
　　あの　焔の中の手は――〉

冷めゆくコーヒーを前に
娘たちは虜《とりこ》の睫毛を伏せ
操を失った蝶々夫人は
びょうぶの陰で血のうえに仆れる

スタンドの灯りの輪に

とり残された一隊
膝をくみかえる影が湿った床に崩折れ
虚しい断絶のむこうで窓硝子が
意味を喪った言葉をしたたらせ

闇空の涯、きらめく電光ニュースから
予備隊の鉄甲の群が傾いて来て
硫黄島の髑髏がテーブルの新聞に点々ところがるこの夜

つと動いた死屍のあいだから
トイレットに入ろうとする女の黒い外被のすそで
深紅のスカートがちらりとし
靴の破れからしみ入った水が
意識の爪先で
いつまでも乾こうとせぬ

（昭和二十六年頃）

昭和十九年の「彗星」には、十四、五年頃の幻視俳句に繋がるものがある。

次の「ある夜のコンサート」は、昭和二十六年当時に『広島文学』でボツになった作品で、『作品集』には載っておらず、『全詩集』では（発表誌不詳）として載っている。残念ながら、ここには幻視俳句の跡は少ない。

だが三吉文学の中には、ファンタジーもあれば、怪談もあるのだ。

まず教訓的な内容の多い童話の中から、ファンタスティックな部分のある「お爺さんと娘」を、次いで小説の中から「鏡占い」を『作品集　下』から選んでみよう。

お爺さんと娘

街角の停留場の近くに露店を出して、花を売っているお爺さんがいた。そこへ、母親の命日に供える安い小さな花を求めて、孤児の少女が来る。その少女は、お爺さんの死んだ娘にそっくりだ。死んだ娘は、お爺さんにとっては歳をとってからできた唯一の娘だったし、娘にとっては母と父と二人分のたった一人のお爺さんだったのだ。

そうしたことから、お爺さんと貧しいお客の少女の間には交流が生じ、それから長い月日が流れた。少女は20歳くらいの美しい娘になっていたが、ある秋の祭りで、地面に莫蓙を敷き僅かばかりの造花を売っている、みすぼらしい老人に会う。それはむかし近所で花を売っていた、あのお爺さんだったのだ。その最後を引用しておく。

《折から、空を渡る風に高い大幟《のぼり》が、こんもりした森影の上で怪鳥のようにはためき、どこかののぞきからくりのはやしが、あたりのざわめきの中からひとしきり憐れっぽい声をふりしぼって聞えていたのであります。》

この昭和二十年十一月作の童話には、十月から友人とともに焼け跡で開いた「みどり洋花店」の体験が基礎にあるが、約十年後の結末まで入れて書いているのだ。助け合いの大切なことを説いた「百足《むかで》競争」や、憲法普及会募集の一位入選作品である「ドッヂ・ボール」と比べると幻想的であり、初期の俳句の、《吾が庭は貧しくあれど花尽きず》の詩情が感じられるのである。

鏡占い

この昭和二十二年九月から十一月に書かれ、二十六年二月に推敲された短篇「鏡占い」は、松尾という名で登場する和子夫人との間の私小説と思われるが、結婚は二十二年十二月だから、いわば未来に関する出来事であり、幻視俳句で感じたような奇妙な味や怖さがある。終りに近い部分を引用してみよう。

《怖しかった、わけの分らぬ恐ろしいものが背後から抱きすくめ、不吉の徴しを爪先でひらいてみせているような顫えに襲われ、ひしと閉じた鏡をもう一度おずおずとのぞいて見ずにはおれなかった。

うす闇の底で、手がふるえるせいか鏡は二つに折れ歪《まが》り、その面を一筋の光が走った。それに続いてぼんやりと男の貌《かお》が浮び出た。松尾はぎょっとした。思わずうしろを振り返ろうとしたが、頸をねじることも鏡を手離すこともできなかった》

これは昭和十六年作の三吉俳句《真夜中写す手鏡の貌われを覗く》という作品を、思い起こさせるのである。評論や随筆には幻視的表現はないが、作品の場合は俳句以外のジャンルでも、幻視的傾向はあったわけだが、ここから三吉の戦後の行動を追ってみよう。

第三章　愛と奉仕と病気と死

第1節　文化的社会活動

年譜によると三吉は、終戦翌年の二月から、猛烈な勢いで各種文化運動に手をつけだす。すなわち広島音楽連盟、児童文化研究会、広島青年文化連盟（ＨＹＣＡ）などへ入会している。のちには主としてＨＹＣＡの運動に尽くし、文化部幹事、機関誌『探求』の編集発行人となり、五月には同連盟副委員長・会計監査・宗教研究会部長を兼任し、七月、同連盟委員長に就任。講演会、音楽会、研究会、レコードコンサートなどの開催、司会に当たっている。

三吉は、音楽は好きだったし童話も書いているから、初めの二つは自然の流れのような気がするし、ＨＹＣＡに関しても戦後の数年は、青年団の文化活動が燎原の火のごとく拡がっていた。『作品集　下』によれば、昭和二十一年の年譜では、《九月、アテニアム文化協会（準備会）常任委員となる》と記してあり、二十二年一月二十五日の日記には、以下のような記述がある。

《国民大会（二十八日倒閣）へ文化団体参加の手配依頼に市役所へ寄り皆実氏へ置手紙をして店へ出る。井上嬢来店。

アテニアムより編集会議の呼出し来り、三時より店を閉めて「ピカソ」へ行き夕方まで協議。創刊号決定。（後略）》

倒閣の国民大会というのは、吉田茂首相の「不逞の輩」発言に反発したものだ。当時、三吉は市役所との接触が多く、右の日記における皆実氏もその中の一人で、十二月には広島市民生委員の推薦を受けている。そのあとの「店」とは、昭和二十一年八月に開店した貸本屋「白楊書房」で、「井上嬢」とは、同年十月に結婚の合意をした井上素子のことと思われる。

次のアテニアムは馴染みの少ない名称だが、『中国年鑑』一九五一年版によると、この協会は昭和二十一年九月一日の設立で、会長は佐伯郡廿日市町（現・廿日市市）在住の佐伯好郎（一八七一～一九六五）であった。彼は廿日市町に生まれ、東京専門学校司法科（現・早大法学部）を卒業し、アメリカやカナダに留学した。法政大学予科長、明治大学教授、旧制第五高等学校（熊本）教授、東京高等工業学校教授などを歴任し、鳩山一郎や茅誠司らを育てた。学者としては、ユダヤ研究から支那基督教・景教の研究に移り、東京帝大からは文学博士、早大からは名誉法学博士を送られている。

昭和十九年に郷里の廿日市に疎開し、戦後の二十二年から九年間は廿日市町長を務め、二十三年八月六日には、浜井信三広島市長の要請で英文の平和宣言を書いた。「佐伯好郎先生の追憶」を書いている田中秀央はアテネ学士院会員だ。佐伯は死ぬまで広島アテニアム協会の会長を務め、広島YMCAの理事長もしている。佐伯好郎伝刊行記念会編『佐伯好郎遺稿並伝』（一九七〇年十二月）収録の「文化人よ結束せよ」では、次のように言う。

《広島アテニアム倶楽《マ》部《マ》は一切の文化人を歓迎するものである。蓋し人間の活動には有形と無形、即ち思想的方面と経済的方面がある。身体を離れて思想や宗教がなきが如く、経済を離れては文化はあり得ない。（中略）商業会議所がその会頭を広島第一の資産家にするが如く、アテニアム・クラ《マ》ブ《マ》はその会長を広島第一の貧乏人にしただけのことである。（後略）》

なお『廿日市の文化』第三集に、佐伯好郎は句誌『廻廊』にも触れているが、その主宰の杉山赤富士は『佐伯好郎遺稿並伝』③の中で、アテニアムという言葉はアテナの廻廊学派から発したという、佐伯博士から聞いたギリシャの話に触れている。

もっとも、杉山赤富士主宰の句誌『廻廊』は、厳島神社の廻廊に由来するものと思われ、昭和二十一年四月一日に廿日市町で創刊されたが、佐伯好郎はその創刊号から「廿日市付近の金石文」を連載し、八号まで連載した。しかし七号の文中の語句がプレスコードに触れて発禁となり、英文始末書を提出させられたので未完のままとなった。こうしたことも峠三吉の反米感情を煽ったのかもしれない。

アテニアム協会に類似の、ないしは先行した奉仕団体としては、ロータリークラブやライオンズクラブが挙げられるが、これらは生活に余裕のある人の団体だ。

文芸団体としてはペンクラブがある。広島ペンクラブの設立は昭和二十四年四月八日で、広島アテニアム協会は、これよりも多種類の文化人を集めようとしていたようだ。

こうしたアテニアム協会事務局が置かれたのが、三吉の日記に出てくる「ピカソ」であり、正確に言えば広島市堀川町四―七のピカソ画房二階であった。

このピカソ画房は、戦前の昭和七年に佐渡久男が設立した美術・画材関係の老舗だ。自らも画家を目指し、だれよりもピカソを敬愛していた佐渡は、それだけで特高警察からマークされ店名変更を迫られたこともあった由である。

なにしろシュールレアリズムやダダイズムも検挙の対象になり、太平洋戦争開始の翌日(一九四一年十二月九日)には洋画家の山路商が身柄を拘置されたような時代である。ピカソのキュービズムも反ナチの大作「ゲルニカ」も、当局から見れば「気にいらぬ」ものだったに違いない。ピカソ画房受難の時代である。そこへ原爆投下が襲う。

堀川町の店舗兼自宅は灰燼に帰した。佐渡久男は戦後のバラック住まいの日々のうちにも、画材集めに奔走し、原子砂漠に芸術の灯をともそうとした。これが廿日市町で広島の再建を想念していた佐伯好郎の目にとまり、文化運動に没頭していた峠三吉を巻き込んでいったのである。

広島ペンクラブ副会長の渡辺玲子は、『医家芸術』六〇六号（平成二十三年十二月）の随想において、宮沢賢治と峠三吉の文化的な社会活動が「献身」から出ている点を指摘している。賢治の場合、社会活動に燃え立たせた契機が浄土真宗から日蓮宗への改宗だったのに対し、三吉の場合は代々の浄土真宗からカトリックへの改宗とともに、戦後の共産党入党の問題も大きいが、それでも「献身」といったニュアンスは感じられる。

ただし芸術活動というものは、必ずしも献身や奉仕ではないから、ここで三吉の周囲の芸術家群像を眺めておきたい。

第2節　詩人と芸術家たち

前節に述べた、昭和二十二年一月二十八日付の「吉田内閣打倒国民大会へ送るメッセージ」の共同宣言者のうち、労働文化協会広島支部は最大手であり、広島青年文化連盟は峠三吉が力を入れていた組織だ。

中国文化連盟は、終戦直後の昭和二十年十二月、細田民樹を顧問として栗原貞子らが設立し、二十一年三月に『中国文化　原子爆弾特輯号』を創刊した。もっとも早い文学活動であり、以後しばらく、地方出版の時代が続く。

広島県佐伯郡観音村の新建設社は、佐伯郡大竹町の中国共同印刷所で女性雑誌『新椿』を印刷し、二十一年三月に創刊号を出した。このときには、中国文化連盟のお世話になった由であるが、同年十二月末には新椿社と改称した。本誌には創刊号以来、大田洋子が少女小説「青春の頁」を連載していた。

演劇も、戦後一挙に盛んになった。八月座は、昭和二十一年十二月二十五日に旗揚げした。その挨拶文に次のように言う。《原子砂漠の廣島に、民衆の中から、全民衆のための演劇をめ

ざして、ひとつの劇団が誕生しました。其の名も八月座!!》
三吉の行動範囲はひろがり、忙しく動き廻る。しかしそれは、生涯でも最も楽しい多忙な時期だったに違いない。

峠三吉が画家・音楽家・詩人・青年・婦人たちを集めて、音楽喫茶ムシカで土曜会を結成したのは、昭和二十三年七月のことであった。

これはのちに広島詩人協会と合流し、セリクル・トリコロールと改称して発展する。セリクルとはサークルで、トリコロールとは三つの色だ。三色旗、わけても自由・平等・博愛のフランス国旗を指すことが多いが、ここでは詩人・画家・音楽家を指している。

さらに二十四年十月には「われらの詩《うた》の会」を結成して代表となり、機関誌『われらの詩』を発刊した。これには多くの詩人が参集したが、画家の四国五郎も参加した。

五郎は峠三吉より七つ年下だが、昭和十九年に召集され関東軍に入隊となり、終戦時にシベリアに連行される。昭和二十三年に帰国して弟の被爆死を知り、反核を決意し、『われらの詩』の表紙を描いたり、『原爆詩集』の装幀や三吉の辻詩（壁詩）の絵を描くなど、三吉との繋がりは深い。

辻詩は街頭、職場、療養所などで開かれた。こうして三吉は、反戦・反米・反原爆をスローガンとする運動の先頭に立ちだしたのである。

昭和二十五年一月、新日本文学会詩委員会の『新日本詩人』全国編集委員に推されたが、彼を感激させたのは三月二十五日に発表されたストックホルム・アピールだった。

これは原子兵器の絶対禁止と、厳重な国際管理を要求するもので、最初に原爆を使用した政府を戦争犯罪人と看做すことを声明するとともに、このアピールに賛成する人の署名を全世界で集め、核戦争を防止するためのキャンペーンとすることにしたのだ。

彼は感動し、詩作と行動を起こす。まず「われらの詩の会」の支部を、県下に十八組織する。また増岡敏和の提案により、深川宗俊とともに反戦詩歌人集団準備会の中心となり、『反戦詩歌集』の第一集を五月に発行し、彼自身も詩「よびかけ」を発表した。『反戦詩歌集』は遠地《おんち》輝武《てるたけ》（一九〇一～一九六七）が『アカハタ』に紹介し、これを契機に、全国各地の文化団体が反戦平和特集号を編むという、一つの文学運動が起こった。遠地の本名は木村重夫で、兵庫県出身、日本美術学校卒の詩人で美術評論家だ。大正十四年に第一詩集『夢と白骨との接吻』を刊行し、戦後は新日本文学会に加わっている。

さらに十月には、われらの詩の会の主催で、丸木位里と俊（赤松俊子）の『原爆の図』三部作展を開き、そのあとの座談会の席上では「墓標」を朗読した。

こうして、画家たちとの親交も広まった。

濱本武一《たけかず》は、中国の山東省青島《チントウ》で大正十一（一九二二）年に生まれているから、三吉より5歳若い。昭和元年に本籍地の竹原市忠海町に帰ったが、主として関西で絵と詩の教育を受け、俳句は自由律の荻原井泉水に習っている。戦後は広島市の高須に住み、ヒロシマ・ルネッサンス美術協会を創立した。アブストラクトの画風である。作曲も行ない、文学・美術・音楽の総合芸術「現代の造形」運動が念頭にあったので、三吉のセリクル・トリコロールとは波長があったのだろう。アパートに泊まり込んでいくなど、奇行も多かったが、彼自身右足が不自由だったせいもあって、三吉の本質をよく見抜いているようだった。

木谷《きや》徳三（一九〇七〜一九九〇）は広島市生まれで、靉光の影響を受けている。昭和二十一年、シンガポール捕虜収容所から広島に復員し、翌年、東洋工業（現・マツダ）宣伝部に勤務した。広島詩人協会の『地核』一巻三号の表紙を描いているが、この編集者は峠三吉、発行者は米田栄作で、「峠三吉と一緒に文化運動をした」と述べている。

要するに三吉は、総合的な芸術運動を展開しようとしていたのだが、三吉自身も絵を描いており、松尾雅嗣・池田正彦編『峠三吉資料目録』（二〇〇四年）によると、三吉が描いた数点を超えるデッサン・カット・油彩などが残されている。

三吉の自画像は、写真よりも醜男に書いてあるように見えるが、これは優男であることを、否定したかったせいかもしれない。

演劇人で杉田俊也以外に交際のあったのは、大月洋（本名・大藤軍一）だろう。大月は明治三十九（一九〇六）年、広島の生まれだから、三吉より十八歳年長だ。郵便局勤務で、昭和七年に治安維持法で検挙されている。十年には安佐郡可部（現・広島市安佐北区可部）にロンド書房を開店。戦後は劇団広島小劇場を結成している。

三吉の命取りになった手術の三日まえに、大月は三吉を見舞っており、手術担当の外科主任とも会っている。その日、《峠君の顔は見事な明るさであった》と、大月は広島民衆劇場機関誌第三号に書いている。

なお文学論的にみると、『中国新聞』に取材記事を書いた元論説委員の海老根勲は、『峠三吉を語る』（前掲書）に収録された「〈にんげん〉を描くために　ドキュメント『原爆詩集』への道程」の中で、「怒りのうた」や「クリスマスのかえり道に」などを引用し、リアリズムの獲得に触れている。

それでは『原爆詩集』や、その周辺に筆をすすめてみよう。

第3節　『原爆詩集』とその周辺

峠三吉が、多方面にわたる芸術活動を推進しようとしたことは確かだが、彼の最大の業績が『原爆詩集』だったことも疑いのないところだ。じっさい多くのアンソロジーが、この詩集の中から採られているし、批評の対象になることも多い。

この詩集が一九五一年九月に、新日本文学会広島支部編集「われらの詩の会」の発行で世に出たときは、ガリ版刷りであった。私は復刻版しか持っていないが、それには「序」と「あとがき」を除き、一九編の詩が載っている。

すなわち「八月六日」「死」「炎」「盲目」「仮繃帯所にて」「眼」「倉庫の記録」「としとったお母さん」「炎の季節」「ちいさい子」「墓標」「影」「朝」「微笑」「一九五〇年の八月六日」「夜」「ある婦人へ」「景観」「呼びかけ」である。

その翌年の六月、青木書店から発行された青木文庫の『原爆詩集』には、「友」「河のある風景」「巷にて」「その日はいつか」「希い」が加わっていた。

この中から「序」及び「八月六日」、並びに、平和式典が禁止された昭和二十五年のあの日を歌った「一九五〇年の八月六日」、並びに、少しニュアンスの違う「河のある風景」などを出させて頂こう。

序

ちちをかえせ　ははをかえせ
としよりをかえせ
こどもをかえせ

わたしをかえせ　わたしにつながる
にんげんをかえせ

にんげんの　にんげんのよのあるかぎり
くずれぬへいわを
へいわをかえせ

これに対して、巷間、いろいろと批判がある。――「返せ」と言っても、死者は生き返りはしない。自分に関係のない者は、死んでもよいのか？ 崩れぬ平和など、いままでにあったのか？

今堀誠二は三一書房の『原水爆時代―現代史の証言―（下）』において「序」の詩を、作者が原爆を個人の問題として考え、父・母・老人・子ども・自分・自分につながる人間という順序で、儒教の家族主義的人間観をぬけきっていない――とし、感覚的・情緒的な面では成功したが、理論と方法では、ややお粗末であった――と述べている。

私自身、「序」と収録された多くの詩のあいだに乖離を感じていたが、好村冨士彦の峠三吉論には注目してきた。『新日本文学』六三一号の「『原爆詩集』の成立に立会う」から、『峠三吉を語る』（前掲書）所収の解説「峠三吉遺稿「生」について」の論考である。

好村の論文から、三吉の遺稿を引用させて頂こう。

勤めへと　食物あさりえと《ママ》
出たきり帰らぬ　父をかえせ　母をかえせ。
疎開家屋の材木曳きに
隣組から学校からかり出され

封筒にいれわけた灰になってかえってきた
としよりをかえせ子供をかえせ。

この詩にはまだ続きがあるし、これよりさらに前段階でつくられたと思われる原稿もあるが、これだけを見ても、あの「序」詩が省略の果に生まれたことが推測できよう。

私はそれを、俳句の手法だと思った。

同時に三吉の俳句＝詩は、戦前のあの当時と戦後のこの時期では、大きく変化しようとしていたのだ。

まず昭和二十五年六月に発表された、代表的な「八月六日」を眺めてみよう。

八月六日

あの閃光が忘れえようか
瞬時に街頭の三万は消え
圧しつぶされた暗闇の底で
五万の悲鳴は絶え

渦巻くきいろい煙がうすれると
ビルディングは裂け、橋は崩れ
満員電車はそのまま焦げ
涯しない瓦礫と燃えさしの堆積であった広島
やがてボロ切れのような皮膚を垂れた
両手を胸に
くずれた脳漿を踏み
焼け焦げた布を腰にまとって
泣きながら群れ歩いた裸体の行列

石地蔵のように散乱した練兵場の屍体
つながれた筏へ這いより折り重った河岸の群も
灼けつく日ざしの下でしだいに屍体とかわり
夕空をつく火光の中に
下敷きのまま生きていた母や弟の町のあたりも
焼けうつり

兵器廠の床の糞尿のうえに
のがれ横たわった女学生らの
太鼓腹の、片目つぶれの、半身あかむけの、丸坊主の
誰がたれとも分からぬ一群の上に朝日がさせば
すでに動くものもなく
異臭のよどんだなかで
金ダライにとぶ蠅の羽音だけ

三十万の全市をしめた
あの静寂が忘れえようか
そのしずけさの中で
帰らなかった妻や子のしろい眼窩が
俺たちの心魂をたち割って
込めたねがいを
忘れえようか！

（昭和二十五年）

三吉が抒情詩からの変更を考えるのは「怒りのうた」頃からだろうが、もう一つの節目は朝鮮戦争が始まった昭和二十五年八月六日、集会が禁止された原爆記念日の詩である。

一九五〇年の八月六日

走りよってくる
走りよってくる
あちらからも　こちらからも
腰の拳銃を押えた
警官が　馳けよってくる

一九五〇年の八月六日
平和式典が禁止され
夜の町角　暁の橋畔《きょうはん》に
立哨《りっしょう》の警官がうごめいて
今日を迎えた広島の

街の真中　八丁掘交差点
Ｆデパートのそのかげ

供養塔に焼跡に
花を供えて来た市民たちの流れが
忽ち渦巻き
汗にひきつった顎紐が
群衆の中になだれこむ
黒い陣列に割られながら
よろめいて
一斉に見上るデパートの
五階の窓　六階の窓から
ひらひら
ひらひら
夏雲をバックに
蔭になり　陽に光り

無数のビラが舞い
あお向けた顔の上
のばした手のなか
飢えた心の底に
ゆっくりと散りこむ

誰かがひろった、
腕が叩き落した、
手が空中でつかんだ、
眼が読んだ、
労働者、 商人、 学生、 娘
近郷近在の老人、 子供
八月六日を命日にもつ全ヒロシマの
市民群衆そして警官、
押し合い　怒号
とろうとする平和のビラ

奪われまいとする反戦ビラ
鋭いアピール！

電車が止る
ゴーストップが崩れる
ジープがころがりこむ
消防自動車のサイレンがはためき
二台　三台　武装警官隊のトラックがのりつける
私服警官の堵列《とれつ》するなかを
外国の高級車が侵入し
デパートの出入口はけわしい検問所とかわる

だがやっぱりビラがおちる
ゆっくりと　ゆっくりと
庇にかかったビラは箒をもった手が現れて
丁寧にはき落し

一枚一枚　生きもののように
声のない叫びのように
ひらり　ひらりと
まいおちる

鳩を放ち鐘を鳴らして
市長が平和メッセージを風に流した平和祭は
線香花火のように踏み消され
講演会、
音楽会、
ユネスコ集会、
すべての集会が禁止され
武装と私服の警官に占領されたヒロシマ、

ロケット砲の爆煙が
映画館のスクリーンから立ちのぼり

裏町から　子供もまじえた原爆反対署名の
呼び声が反射する
一九五〇年八月六日の広島の空を
市民の不安に光を撒き
墓地の沈黙に影を映しながら、
平和を愛するあなたの方へ
平和をねがうわたしの方へ
警官をかけよらせながら、
ビラは降る
ビラはふる

（昭和二十六年）

広島市の平和祭が禁止された日の出来事、「一九五〇年の八月六日」も感動的だ。この日、人々が口コミでF（福屋）デパートのまえに集まると、そこへ窓から反戦・平和のビラが舞い降りてくるのだ。このときの体験も、三吉を叙事詩「ヒロシマ」を書かせようとする契機になったと思われるが、これらと少し詩想の違うのが「河のある風景」だ。

河のある風景

すでに落日は都市に冷たい
都市は入江の奥に　橋を爪立たせてひそまる
夕昏《ゆうぐ》れる住居の稀薄《きはく》のなかに
時を喪《うしな》った秋天《しゅうてん》のかけらを崩して
河流は　背中をそそけだてる

失われた山脈は　みなかみに雪をかづいて眠る
雪の刃は遠くから生活の眉間《みけん》に光をあてる
妻よ　今宵もまた冬物のしたくを嘆くか
枯れた菊は　花瓶のプロムナードにまつわり
生れる子供を夢みたおれたちの祭もすぎた

目を閉じて腕をひらけば　河岸の風の中に

白骨を地ならした此の都市の上に
おれたちも
生きた　墓標

燃えあがる焔は波の間に
くだけ落ちるひびきは解放御料の山襞《やまひだ》に
そして
落日はすでに動かず
河流は　そうそうと風に波立つ

（昭和二十五年）


もちろん『原爆詩集』の中の優れた詩は、この四つだけではない。

ヒロシマにとって八月六日は特別な日であり、被爆した日を歌いあげた「八月六日」は、すでに多くのアンソロジーに収載されているが、私は《みしらぬ貌がこっちを視ている》で始まる「眼」も好きだ。幻視ではないが、事実というよりも、真実がある。

黒川伊織は『原爆文学研究9』において三吉の「墓標」を取り上げた。これは「斉美小学校戦災児童の霊」という墓標のことで、最初の朗読発表のことなどに触れている。

その他、「倉庫の記録」「呼びかけ」「その日はいつか」などを推す人もいるが、彼の詩に対する評価は甘くはない。

昭和二十六年十一月、三吉は上京して、新日本文学会詩委員会の『原爆詩集』合評会に出席している。このときアナーキスト詩人の秋山清は、

《抒情的にすぎ原爆の政治的性格が捉えられ表わされていない》

と指摘した。これに対して三吉は、責任を果たすべく、叙情詩から叙事詩への変革を決意したという。これは『作品集　下』の年譜に出ている。

しかし、叙事詩への変革は必要なことなのか。《原爆の政治的性格云々》という意見は、文学的というよりも、一つの政治的立場の表明ではないのか？

精神科医のロバート・J・リフトンは、桝井迪夫らが訳した『死の内の生命』（一九七一年、朝日新聞社）の中で三吉の原爆詩を取り上げているが、これは文芸評論ではない。

あの「序」詩は、抒情詩の極北と思えるが、抒情詩のどこがいけないのだろうか？

ここは見解の分かれるところだと思うが、筆者と同じ『広島文藝派』同人で詩人の砂本健市は、筆者への文学的私信の中で、次のように言う。

《父、母という漢字を使うと広さが狭まり、肉親を悼む詩になります。この詩の中に原爆と言う言葉をもってくると、叙事詩になると思います。峠三吉の活動を知る人は、詩の背後にある怒りを感じ取って、叙事詩と言っても仕方ないように思います。ある意味で、この詩で峠三吉の「叙事詩広島」は完成していたと思います》

ここで若干の追加を入れさせて頂くと、三吉は心血を注いで言葉を紡ぎ、無理を承知で体を壊していったのだ。ここで一度、疾病・医療の面から三吉の生活史を眺めておこう。

第4節　峠三吉の疾病と医師たち

峠三吉の短歌、ときには俳句にも、疾病の影がにじみ出ていることは、すでに見てきたところだが、これが幻想俳句のもとになり、形を変えて詩の中にも影響を与えていたかもしれないので、病気の問題は洗い直しておきたい。

たしかに峠三吉は、幼少時から呼吸器が弱かったが、肺結核とか、原爆症による死亡のように表現した記述（昭和万葉集の作者紹介）には、いささか疑問が感じられる。

相原由美の「癒えたきかなや——歌人　峠みつよし」（前掲書）によれば、昭和十九年の日記に《かかりつけの松江医院》が記されていたという。三吉の肺結核は、結局は誤診だったのだが、松江内科に入院し、人工気胸をしていたようである。

人工気胸とは、胸壁の肋膜と肺の表面を覆う薄い肋幕との間に滅菌した空気を注入して、肺を圧迫縮小させ、空洞などの結核性病巣を鎮静化させる方法である。著者もこの治療を受けた経験があるが、かなりの苦痛を伴うものだ。

三吉の生活状況は、第二章第1節で述べた池田正彦らの『被爆日記』から推測されるが、昭和二十年七月二十九日は倦怠甚だしく、三十日には保健所で診察を受けている。夕方、入浴すると血痰。三十一日は曇り。体力が欲しいと記している。

八月四日からの日記は『作品集　下』でも読める。その日は晴で、五日は昼頃より、油絵を出し、南の窓より風景を写生。夕方には、少し咳が出て、夜は発熱している。

翌六日の項には、「今日こそは気胸を果さむとて朝食を早めに済ませ家を出でんと二階にて用意を整えありし時（後略）」とあり、この直後に被爆したのだ。

三吉は知人を探して、ずいぶん歩き廻っている。六日の直接被爆だけでなく、相当多量の二次被爆も受けたに違いない。

八月十一日には急性放射線障害を思わせる記載があるが、十四日には下痢止めをもらっている。被爆から終戦時へかけての混乱期にかけて、彼は的確な状況描写をしており、鶏や猫にまで見せる優しさが胸を打つ。

昭和二十一年の日記によれば、三月二十四日には幟町のカトリック教会へ行き、帰途、切明と会っている。のちに『家庭教育』を創刊する切明悟である。

四月には血痰があったが、十四日（日）の文化連盟主宰の宗教研究会には、ゾルゲ神父の「カトリックより見たる世界観」を開催。四月二十九日、天長節。生きているということは美しく愉しい――と書いている。

五月四日、ゾルゲ神父を交えた会合に出席。女専の生徒ら多数来場。「切明君ら唯物論者青年の質問も真摯さが感じられる態度であってよし」と書いている。

五月五日には「就寝前注射トロンボゲン」との記載がある。これは止血剤で、筋肉注射を繰り返していたようだ。七日には、「昨夜半も発熱、悪寒、寝苦し」と記し、二十日には「保健所へゆきてレントゲンをもう一度撮る」と書いている。

レントゲンの光りに立てり魚のごとく

話は溯るが、これは昭和十六年の句だ。昭和二十一年にはもう作句はしていないが、実生活の中ではレントゲンが依然として生活の一角に座を占めていたのである。

舞台を昭和二十一年に戻すと、五月二十二日にもトロンボゲンを注射している。二十九日には、自分の体の繊弱化を嘆いたあとで、「時に喀血するのも無理はない」と記す。六月二十二日にも発熱悪寒あり、止血剤を飲んで眠る。二十六日には下痢二、三回。

昭和二十二年は一月四日から、「風邪症状濃し」と書き、注射を打って終日休養している。同月二十二日には保健所に寄って、前日の血沈の結果を聞いているが、一時間値が二六で、あまり良好ではない。

四月六日には「草津の清水という医師のところにゆく」とあり、綜統医学の流れをくむ医師で、食養と灸をすすめられたと記している。漢方医らしいが、日本の医療が国民皆保険となり、漢方薬が保険適用となるのは、ずっとあとのことだ。

昭和二十三年の十一月五日には、西条療養所（国立広島療養所西条病院）入院のことが出てくる。十三療棟の一人部屋であり、十四日には、沢崎医師（外科医）が空洞へ管を入れて検査することを話す。

十五日には和子も沢崎医師に会い、十六日が検査。このときは山田医師その他も検査に付いている。肺結核でなく気管支拡張症だ、と知らされたのは十七日で、二十一日に退院している。日記の記述からすると、沢崎医師には非常に感謝していたようだ。

昭和二十四年は、三月七日に西条療養所へ行き、八日に沢崎医師と会っているが、その後の無理がたたり、二十八日に喀血。翌二十九日は協同組合を欠勤し、安静を保つ。三十一日に大喀血。四月十一日、共産党入党。五月になって、やっと歩けるようになったが、六月には日本製鋼広島工場首切り反対闘争が起きた。

それで三吉は六月十六日、日鋼争議の応援に行く。杉田俊也が「怒りのうた」を朗読したのは十七日である。同十九日、午後から和子と日劇で「大いなる幻影」を観て、帰りに音楽喫茶の「ムシカ」へ寄ると、濱本（武一）や坂本（寿）たちが来ていて歓談。二十日の夜は、和子の顔を写生した。

翌二十一日から翌二十五年十月末日までは、日記がとんでいるが、峠三吉が初めて増岡敏和に会ったのは、二十四年の八月であり、それぞれの仲間に呼び掛けて「われらの詩の会」を結成したのは十月である。

三吉の父・嘉一が死んだのは、二十五年の四月十四日だった。

三吉自身は六月二十四日、「われらの詩の会」の例会中、突然、大喀血した。「われらの詩の会」は、すぐ輸血隊を組み、全会員に、峠三吉救援カンパを訴えた。

十一月一日、和子の連れ子・治の運動会に行く。この頃、肺の手術の話が出ていたが、同二日には福井（芳郎）のアトリエに行き、ピカソに寄って帰った。

同三日には、義姉・小西信子が保健婦を連れて手術を止めに来る。

翌四日、医療券のことで市役所へ行く。そのあと仲間たちと話し合い、和子の希望も入れ、みんなの意見により入院・手術を決めることにしたが、結局、五日に入院。

十一日、沢崎医師の許可を貰い、布団を取りに帰る。十二日は和子の誕生日だ。二十日には発熱し、エキホス（湿布の名、筆者注）を貼ったりする。結局、このときも手術には至っていない。

ちなみに、入院当時の三吉の状況については、肺結核で入院していた好村冨士彦の記述がある。すなわち峠は、九療棟の個室に寝ており、のちには山田二郎医師の配慮で、十二療棟の八人用の大部屋に一人で入っていた、という。

昭和二十六年は日記がないが、峠の妻・原田和子の実姉である小西信子は『反戦被爆者の会会報』峠追悼特集号の「峠三吉忌によせて」の中で、《かかりつけの医者は舟入本町の米沢先生でした》と述べている。

この米沢進医師は広島出身、明治四十（一九〇七）年生まれで名古屋医大卒。広島県衛生課技官、可部保健所長を経て、昭和二十五年に開業した。当時は自転車で救急救命の往診をしていた由である。同じ政党の党員という同志的結合もあったようで、『われらの詩』に米沢医院の広告を載せている。後日談だが峠三吉の香奠帳にも名前が残っている。

昭和二十七年も喀血を繰り返した。

二月には、来広中の赤松俊子と面談中に喀血。三月には、新日本文学会全国大会（第六回大会）参加の途中、列車内で喀血し、静岡日赤に入院し、一ヵ月後に退院したが、、静岡支部の看護・

支援が大きかった。

この年の日記は、四月十七日から五月二十七日までのあいだが破り取られている。十一月七日、また喀血。輸血を続け、十一日に止血。十二月一日の記載に「西条のY医師より手術の可能性を告げてくる」とあるが、和子は躊躇している。


昭和二十八年になると、三吉は手術を決意。三吉の日記によれば、二月十五日の日曜日に入院。十九日に松葉外科医が診断、手術方式の説明があった。

三月六日、戦前から弾圧されながらも新劇運動を続けてきた大月洋が見舞いに来た。

同月七日、松葉、山田両医師が顔を見せる。八日、輸血を二〇〇cc。

九日のあさ、旦原純夫が岩国からかけつけた。手術には仲間のうちから、レントゲン技師の坪田正夫が立ち合うことになった。輸血のための要員もいた。和子夫人や小西信子はじめ、自由業である画家の濱本武一と豊子夫人もいた。

三吉の日記は次の言葉で終わっている。《あと一時間くらいで手術に入るだろう》


午後一時三十五分、麻酔がかけられ、二時十五分に手術が始まった。

三吉の右肺下葉《うはいかよう》は、横隔膜《おうかくまく》と背側肋骨《はいそくろくこつ》に高度の癒着《ゆちゃく》を起こしていた。まずそれを剥離《はくり》しなければならない。

午後四時十分、剥離がほぼ終わって、あとは下葉を切り取るだけになったとき、血圧が下がり、脈拍が速くなった。危険なサインだ。手術を中止し、縫い合わせることになったが、血圧が測れなくなる。強心剤、血圧上昇剤などが、次々と注射される。

すでに銀行の血液が一四〇〇ｃｃも使われ、学生、われらの詩の会のメンバーたちからの供血も輸血されていた。午後八時の輸血量は二二〇〇ｃｃに達していた。皮下に空気が拡がって腫れ、腹も膨れて彼は苦しんだ。酸素吸入を外してくれと訴えている。

十日午前二時、家族や仲間が入室する。病室に貼られていたオストロフスキーの詩の一節を且原が読んだ。三時三十分、坪田が『原爆詩集』の「序」を読む。

昭和二十八年三月十日午前四時四十五分、峠三吉は逝去した。享年36歳。


峠三吉の手術、右肺下葉切除が失敗に終わったのは残念なことであったが、だからといっても、医師たちの責任を問うのは酷に過ぎるであろう。

一般に責任が問われるのは、その時点での医学レベルと照合しての問題であって、現在の医学のレベルで判断すべきではないからである。放射線障害の知識は進んではいなかったし、術前検査にしても、現在のように精密なものではなかった。

小西信子は「峠三吉忌によせて」（前掲書）において、松葉医長が解剖の結果、《肝臓が黄色くなっている。これは原爆の影響かと思える。そこまで気がつかなかった》と言った由である。大量の輸血を繰り返しているから、輸血による肝障害も考えられるかもしれないが、原爆による出血傾向や免疫不全が病状を悪化させたことも、充分考えられることだ。現在でも原爆の後障害は、完全に解明されたわけではないから、その意味では、渡辺力人の広島報告「被爆者の死に自然死はない」は、示唆に富む論説とも言えるだろう。

だが病名は、あくまでも気管支拡張症である。最近でも《広島県立商業学校を卒業後、間もなく肺結核を発病し》といったふうな記述の論文もあるが、これは正確ではない。寺島は、《十八歳より肺壊疽（昭和二十四年まで、当時は死に至る病の肺結核と思い込んでいた）を発病し》と記しており、このほうが適切だ。

筆者も「肺膿瘍」と書かれた、昭和二十六年七月二十五日発行の診断書を見たことがあるが、気管支拡張症とは一連の疾病である。

いずれにせよ、肺結核は別系統の疾病なのだが、ここでいま一人、関係の深い医師を紹介しておきたい。

第5節　演劇『ゼロの記録』

峠三吉を診察していた医師の中に、於保源作という開業医がいた。於保とは珍らしい苗字だが、「おほ」と読み、パスポートなどアルファベットでは「ＯＨＯ」と書く。

於保家の長女の婿・小川加弥太博士とは同じ病院で働いたことがあったが、彼と源作の四男・信義氏の編による『面影―原爆ガンと取り組んだ町医者　於保源作』（以下『面影』と略す）と題した本をもとに紹介すると、源作は明治三十七年の佐賀県生まれで、京城医専に学んだ。卒後は教室に残り、病理学の助教授（現・准教授）になったが、昭和十三年、広島市内の病院に勤務し、翌年八月、広島市翠町（現・翠一丁目）に於保医院を開く。十九年に応召したが、翌年復員し、二十一年、於保医院を再建。以後、原爆と癌との関係を調査し、広島市医師会副会長等を歴任した。

峠三吉は、この源作にかかっており、精査のため西条の国立療養所へ紹介したのも、於保博士だった。源作の弟・寅生も国立広島療養所に外科医として勤務していた由であり、源作から寅生に頼んだものと思われる。

この『面影』には四男による前書があり、劇作家・大橋喜一が源作没後に四男へ書簡を送って弔意を述べ、演劇『ゼロの記録』の主人公・小津医師が於保源作をモデルにしたものであり、劇中の詩人・泉久松は峠三吉だ、と明記している。

なお、この戯曲の作者・大橋喜一は大正六（一九一七）年生まれで、生活現場の声を伝えるものが多く、『ゼロの記録』は一九六八年度小野宮吉戯曲平和賞を受賞している。大橋氏は今年（二〇一二年）五月二十七日に死去されたが、『面影』の関係者がご存命の間に、この芝居のことを述べておきたい。

この戯曲の初出は総合演劇雑誌『テアトロ』第二九八号（一九六八年五月）で、三部構成で書かれている。「部」は「幕（アクト）」に、シーン番号は「場」に相当するが、原作者の説明によれば、番号や表題は読むためのもので、必ずしも場の区切りを意味しないと付記されているが、ここでは分かりやすい表現で略記してみよう。

第一部（被爆直後から一九四六年早春まで）は、終戦間もない廃虚の広島を背景にして、原爆による癌発生の事実を告発しようとする開業医・小津医師の苦悩が描かれる。

1.（一九四五年八月　十日頃）開業医・小津と、病理学者・平岡が爆弾の推測。

2.（同じ頃） 博愛病院で杉田院長と千種医師が被爆者の治療。
3.（同月十六日頃）小津の妹で千種の妻である和子が、急性原爆症となる。
4.（同月下旬）解剖第一号は千種和子。
5.（同じ頃）医師・千種が、瓶の中の妻・和子に語りかける。
6.（同年九月上旬） 外人記者とのやりとり。小津医師の激しい反米感情。
7.（同月中旬）枕崎台風の状況。
8.（同月下旬）原爆症の研究発表を禁止されたことへの忿懣。千種医師も死ぬる。
9.（一九四六年早春）小津は開業医として、原爆の発癌性を告発しようとする。

第二部（一九四七年八月から一九五一年まで）以降には、峠三吉と考えられる泉久松という詩人や、他にも原爆を告発する歌人・立田友枝（正田篠枝がモデル）らが登場。小津は泉の体を気遣う。泉は体調が悪く、友人は地下に潜るが、詩集の完成を決意する。

1.（一九四七年八月）詩人・泉久松（峠三吉）登場、小津医師のことを「ピカヤブ」と呼ぶ者もいる。被爆との関係ばかり調べるからである。
2.（同年秋）バラックの小津診療所。原爆症の医療費の話が出たとき、泉（峠）が労働者との共闘のことを話すと小津医師は《政治か？ あんた、体を考えにゃ……》と言う。

3.（一九四八年）婆ちゃん、可哀相な少女、朝鮮人、総じて貧しい病む人たち。
4.（同じ頃）詩があり、〈朗読の場合、適当に合唱を伴うもよし〉と付記。
5.（一九四九年）喀血する泉久松。妻・暁子（峠夫人・和子）や仲間が心配するが、泉は《喀血は原爆と関係ない！》と言い、忠告をきかず、平和運動に挺身。
6.（同じ頃）占領軍の目の届かぬところで、原爆症の研究は進められてゆく。
7.（一九五〇年三月頃）ストックホルム・アピール、詩だけが書いてある。
8.（一九五〇年八月）泉は詩集のため印刷所へ。暁子は泉が警察に捕まるのを恐れる。暁子が友枝に《もう泉が小津先生のいうこともいまはきかん》と嘆く。
9.（同年八月六日）市警察本部の広報車が、原爆記念日の集会の禁止を告げて行く。
10.（同年十一月）暗い谷間の時代のこと。
11.（一九五一年）小津医師のＡＢＣＣ（原爆傷害調査委員会）嫌い。

第三部（一九五二年から一九五三年三月まで）は、復興されてゆく街を背景に、詩人・泉の死をもって幕が降りる。
1.（一九五二年）杉田院長はＡＢＣＣを容認、学者の平岡は反対。立田友枝も登場。
2.（一九五三年三月）小津はＡＢＣＣと対決。杉田は小津を、錯乱者として庇う。最後の場面で泉（峠三吉）は死ぬが、小津（＝於保）医師は、「彼は生きとる！」と言い続けるのだった。

ところで、この戯曲は、早川昭二の演出による劇団民芸の『ゼロの記録―三部―』として、昭和四十三年五月二十九日から六月十九日まで、新宿西口の朝日生命ホールにおいて公演された。広島市民劇場五〇周年記念誌によると、広島では、昭和四十四年の一月例会で上演されている。

イメージを喚起するため、主な登場人物に配役を付けてみると、主役の開業医・小津医師は宇野重吉、病理学者の平岡大六が清水将夫である。病院長の杉田は大滝秀治、同医院の医師・千種は梅野泰靖、小津の妹で千種の妻となる和子は吉行和子だ。

第二部以降、梅野は泉久松を演じているが、再演での小津医師は佐野浅夫が演じた。吉行和子が演じた千種和子（小津の妹）はフィクションの部分に入るが、泉の妻・暁子は、原田和子に違いあるまい。

また、先述のように歌人・立田友枝は正田篠枝であり、歌集『たむけ』は歌集『さんげ』である。なお「兄が云々」の兄は、昭和二十一（一九四六）年に九大教授となった経済学者・正田誠一だ。さらに言えば、病理学者の平岡は、広島大学病理学教授となった玉川忠太が考えられるが、過度の詮索は必要あるまい。

ここでついでながら、劇団はぐるま座（本拠・山口県）が、毎年、『峠三吉　原爆展物語』（二幕六場）を繰り返してきたことも付け加えておこう。

それでは次章では、天瀬裕康が執筆したものから峠三吉の姿を眺めてみたい。

第四章　天瀬裕康の著述から

第1節　エッセイとシナリオ

これまでに、私が峠三吉に関して書いてきたエッセイ等には、次のようなものがあるが、本書との関連において、ここで一度眺めておこう。

「峠三吉没後五十年」『ペンＨＩＲＯＳＨＩＭＡ』二〇〇三年（上）（平成十五年五月）は、この年開かれた三つの峠三吉展について述べている。第五章に関するものであった。

「演劇のなかの峠三吉像　医師たちと肺疾患を通して」は、『地平線』五〇号（平成二十三年四月）に掲載したもの。この中に出てくる演劇『ゼロの記録』は第三章第5節に、『河』は第五章第2節に還元されている。

「峠三吉の絵とピカソ画房」は、『医家芸術』通巻六〇六号、二〇一一年秋号（二〇一一年一二月）絵に関しても相当な腕を持っていた三吉の側面と、文化団体「アテニアム協会」について触れたもの。本書では第三章第1節と第五章の第3節にも出てくる。

「峠三吉における愛人と愛情」は、『ペンHIROSHIMA』二〇一二年（上）（平成二十四年一月）に載せたもので、その一部は、第3節の創作の中にも入れてある。

直接ではないが、月刊歌誌『真樹』の二〇一二年六月号に寄稿した「鬼と獏──濱本武一試論──」にも峠三吉が出てくる。ここでは両者の、多芸の芸術家としての側面に触れている。

少し毛色の変わったものにはラジオドラマとして、初出が『広島文藝派』復刊第十八号（二〇〇三年十月）のシナリオ「にんげんのよのあるかぎり」がある。

これは一九四五年八月六日のナレーションから始め、二十一世紀になってからの広島及び広島県西部並びに山口県東部が舞台。「原爆の文学を読む会」の会員、新聞記者、医師たちが集まって、峠三吉神話の再検討をしようとする……。

放送用というより、レーゼ・ドラマ（読む戯曲）として書いたものだが、次節には小説として書いた掌編を紹介しておきたい。

第2節　掌編の抄録等

掌編「たおやかな炎のあと―峠三吉幻視―」は、『青灯』五一号（平成十三年六月）が初出である。

この物語は平成十四（二〇〇二）年五月の、峠三吉碑前祭の場面から始まる。後方に立っている〈私〉に、老若二人の女性が話しかけたことから話が展開し、時空を超えて、女性的ともいえる若い日の三吉の姿が浮かび上がってくる……。

この掌編は、のちに、石川逸子が編集・発行している『ヒロシマ　ナガサキ　を考える』第七八号（二〇〇四年一月一日）に転載された。

それには読者に分かりやすいように「注」として、今堀誠二、好村冨士彦、大江健三郎、増岡敏和、寺島洋一たち五名の著書が該当ページまで明記して引用されている。

さらに、文中にも出てくる峠三吉・山代巴編の詩集『原子雲の下より』の中から、山中あしのの詩「いびせえことよのう――老婆のなげき――」「ぼくたちはイリコではない――原爆青年の憤激――」「私は戦争をなくするために生きる」が引用してある。じつのところ《山中あしの》という女性らしい名前はペンネームで、旧制広島高等師範学校の附属中学を出た男子学生で、原爆症のため、当時は呉市広町にあった広島医大附属病院で闘病中だったのである。そのあたりのことも略記し、理解しやすいようになっていた。

転載されたもののほうが読みやすいが、ここでは抄録だけにとどめた。

なお『ヒロシマ・ナガサキを考える』誌は一〇〇号を以って終刊したが、これに対し第一五回女性文化賞が授与された。

次節の「ブルガトリオふみ」は、『広島文藝派』復刊第二十六巻（二〇一一年九月）が初出の短編で次の二つを主な資料としたが、かなり大幅な変更を加えた。

一つは『地平線』終刊号に載った、友田智代「峠三吉と私―島陽二への手紙―」だ。島陽二は寺島洋一の筆名で、彼が編集していた『地平線』からは、多くの情報を得た。

もう一つは寺島の文献とは逆に、池田正彦が保管していた、峠三吉からその女性に当てたと考えられる貴重な手紙類である。

この両面から書いたが、モデル小説にならないよう、SF風に仕立てた。

第3節　創作「ブルガトリオふみ」

世の中には、奇妙なことが、たくさんあります。

恐ろしい夢が現実で、怖い現実が夢……峠三吉と私のことは、本当の現実だったのでしょうか、それとも私だけが見た夢だったのでしょうか？

今の私は、もう自分の記憶にも自信を失い、彼と私と周囲の状況についての判断も、なんだかあやふやになってゆくような不安に駆られますので、昔の手紙などをかき集めて、あなた様に読んで頂き、こんな女性が確かに存在したということを、世の中に知らせて頂きたいと思い立ったのでございます。

写真もあったほうがよい、とは思いました。それで一応、捜してはみましたが、見付かりません。想えば、写真を撮ったことはないような気がしだしたのです。三吉夫人に遠慮したのかもしれません。あるいは、軍部や警察から監視されたことのある身として、証拠を残さないという習性が付いていたのかもしれません。

それに考えてみますと、二人で撮った写真が見付かっても、決定的な価値があるかどうかは疑問でしょう。離れぬように紐で縛った情死死体が水から揚げられたとなれば、普通以上の親密性が推測されますが、単なる記念写真などは、ごまんとあるのですから。

それで私にとって、もっと重要なのは、苦しいことばかりが出てきて濡れ場のない、一部には峠三吉批判も含めたところもある、このガラクタのような書簡・文書類をどなたにお届けするか、ということでした。

条件はいろいろあります。部分的には暗号めく内容を理解するためには、当時の文化運動になんらかの関わりを持ち、あまり芸術家ぶらず、事務処理能力に長け、人を裏切ることのできない性格の人……どうやら、あなた様しかいないようです。

あなた様は生前の峠三吉とは、直接の面識はなかったかもしれません。三吉が創り、死後は仲間が続けた詩の会であなた様をお見かけするようになったのは、三吉没後のことだったと思いますから……。

だとしても、それは先の条件から外れるものではありません。あまりに身近な場所にいると、小さい多数の事実ばかりが目につき、かえって真実を見失うこともあるからです。私はあなた様が、あるペンネームで書かれた詩やエッセイを読んだことがあります。それであなた様を選んだのでした。

ただ、あまりに私的な記録のため、繋がりの分かりにくいところもあろうかと思い、私なりに整理した抄録をお付けしておきます。それが以下に述べるような綴り方、ということになるでしょう。

じつのところこの背後には、時間・空間を超えた怨念と悲恋があるのです。

それは、おいおいお分かり頂けるはずですが、これらの資料をどのようにお使いになろうと、あなた様の自由な判断にお任せします——。

（1）

あのとき峠三吉は、33歳でした。

そうです、初めて身近に見て、これがあの反戦反核の闘士なのかと多少は意外に思い、この人は苦しみながら生きているのだな、と感じたときのことです。

世間の常識から言えば、彼はもう訳知りの年齢でしたし、おまけにこの地方では、ちょっとは名の知れた詩人でした。文化面でも政治的にも、かなりの活動家として、一部の世界では名の知れた人物だったのです。

だからといっても、私は彼について、それほど多くのことを知っていたわけではありませんが、私が知っている彼の経歴をぼつぼつ申しますと、彼は一九一七年二月の中旬に、大阪で生まれました。日本式に表現すれば大正六年というのでしょうが、とても寒い日だったそうです。私は大正も昭和も嫌いで……私が反日本文化的な志向を秘めている理由は、いずれは分かって下さると思いますが、まあ和暦を使っておきましょう。

さて話を続けますと――三吉は生後、父親の仕事の都合もあって、一家で広島に移って来ました。それ以来彼は、生涯のほとんどを広島で過ごし、広島の詩人として果てるのですが、周囲の影響を受けやすい人だったような気がします。

父親は実業家でした。母親は九条武子さんに似た美人で、すぐれた歌人。長姉はクリスチャンで音楽家でした。二人の兄と次姉は共産党員でしたが、プロレタリアートではなくプチブルです。少なくとも彼の少年時代は、恵まれた生活だったに違いありません。

でも彼には、呼吸器の病気を繰り返してきたという、不幸な部分がありました。当時、胸の慢性疾患と言えば、まずは肺結核です。彼も長らく肺結核として、終戦前から人工気胸の治療をうけていました。それは、肺を覆っている二枚の肋膜の間に消毒した空気を入れて肺を圧迫し、病巣を鎮静化しようというものです。

じつは私も、その治療をうけたことがございます。それが二人を結びつけた一因なのでしょうが、生活環境や意識や性格には、違った点が少なくありません。

私が初めて会ったときの三吉は、爆心地から比較的近い翠町で被爆したせいもあって、もう貧乏生活を続けていました。

でも、私のように迫害された生活をしてきた者からみれば、育ちのいいお坊ちゃんであり、その甘さが気になるところだったのです。

私は彼より十歳ほど若い、病気がちの不幸な女——。

彼が結婚していることは知っていましたから、ある程度は用心して付き合いました。私を被害者扱いにする、お目出度い連中もいないわけではありません。

多少は私自身も、女たらしの詩人と初心《うぶ》な女弟子という、社会的に通用しそうな構図を利用した、というところはあります。

しかし、じつのところ私は彼と遭う少しまえに、同棲していた一人の男と別れたばかりのところでした。私は初心な処女ではなく、気のつよい嫌味な女でした。我慢できなくなったから別れただけのことで、三吉と付き合うために別れたのではありません。

ついでに告白しておきますと、その別れた男にしても最初の男ではありませんでした。同棲とまでゆかないとしても、それまでにもう、たくさんの男と付き合っていました。そのあげく、戦後の過労も重なって肺結核に罹り、このままではどうにもならぬと、ある病院に入院して人工気胸を始めました。峠三吉もしていた治療で、昭和二十四（一九四九）年の春が始まる頃のことでした。

ところが私の場合、肝心な部分が収縮しないので効果が出ません。それで冬の初めに、ピンポン玉のようなプラスチックのボールを胸郭と肺の間に入れる、わりと新しい手術をしたのです。

昭和二十四年といえば、一月十五日が「成人の日」と定められ、各地でいろんな行事が行われましたが、何歳になろうと祝ってくれる人はいないのだと、私はそれを白い目で眺めていました。

その頃行われた一月の総選挙では、共産党が大幅に伸びて、四名から三十五名になっています。三月には、歌舞伎出身の前進座が集団で入党するなど、左寄りの文化活動が盛んになっていました。

五月八日の「母の日」もその年から始まったのですが、私は複雑な気持ちにならざるをえませんでした。私の母は、大戦末期に殺されたらしいのです。

そのあと七月から八月にかけ、下山事件・三鷹事件・松川事件と、奇妙な事件が続いたのです。私はすべてを否定的に捉え、憎悪の中で生きていました。

その罰があたったのか、今度の手術も、うまくゆきませんでした。半年あまりが過ぎた昭和二十五年の初夏、朝鮮戦争が始まった頃から体調不調となりました。私は反戦の立場を採っていましたから、この戦争にも反対でしたが、なにをしようにも体が動きません。病院で調べると、肋膜に水が溜まっていたのです。

こうした例は私だけではなく、他にもときどきあったらしく、いわゆる「タマ抜き整形」と呼ばれる手術が行なわれるようになっていました。私もこの手術を受けることになり、十月二十六日の木曜日に、西条の国立療養所広島病院に入院したのでした。

手術は十月三十一日の火曜日で、わりと簡単にすみました。肺の中にメスを入れるのではなく、肺と胸郭のあいだのプラスチック・ボールを取り出すだけですから、難しいものではありません。

術後の経過も順調で、「今度は大丈夫」という感触が持てたのでした。

そしてここで、峠三吉という詩人が入院するという噂を聞いたのです。

その詩人は最初の入院ではないようでした。

慣れているのか緊急なのか、彼が入院したのは、たしか、十一月五日の日曜日です。

その日は朝からどんよりと曇っていましたが、午後から雨になりました。なんとなく重たい気分で、夕食後にゆっくり廊下を歩いていますと、峠三吉夫妻らしい人影とすれ違ったのです。

その春以来、彼は『反戦詩歌集』を出したり、反戦平和の「辻詩展」をするなど積極的に動いていました。辻詩展というのは、絵と詩を組み合わせたものを、街頭・職場・学園・療養所などで展示するもので、絵は四国五郎さんが描いていました。

それらはマスコミにも紹介されており、峠三吉の写真を見る機会もありましたので、すれ違った男が峠だと分かったのですが、奥さんと思われる傍の女性に比べ、「みすぼらしく弱々しい人」に見えました。

なぜか私は、瞬間、「峠三吉は私のものだ」と感じ、なにかよく分からぬ闇の世界が明滅したのです。

そうです、たしかに、思い出したのです。たしかに、遠い世界の情景が、ちらついたのです。この人とは会ったことがある、いえ、それだけじゃあない……。


その後、峠三吉さんとは口をきく機会が多くなるのですが、彼は奥さんの和子さんに頼りきったような風情があるのです。

その週の土曜日、彼女はズボンを穿いてやって来ました。食べ物の差し入れが目的だったようです。翌日の日曜日、十一月十二日は彼女の誕生日だとか、この日もう一泊してから、彼女は広島へ帰ったようです。

私のほうは順調に回復してゆきましたが、彼のほうはスムースではないらしく、十七日には外泊許可を貰って広島へ帰ったようです。それから二日して療養所に戻ってきましたが、風邪をひいて熱を出していました。

今回の彼の入院は、肺葉手術による根本的な治療が目的でしたが、結論はなかなか出ません。

この間、尾山隆造、且原純夫、増岡敏和、山代巴といった人たちが出入りしていました。尾山さんの家は広島の名門で、他の兄弟はみな経済界で成功していましたが、彼はブラブラしているだけの人。彼以外はおおむね左寄りの文化人です。尾山さんと山代さんは年長者ですが、あとの二人は似たような世代なので、いつしか話の仲間入りをさせて頂くようになってきました。

結局、峠三吉の手術は見送りとなって、経過観察・様子待ちとなります。十二月九日には奥さんが迎えに来たとき、彼は無精髭を剃って奇麗にしていましたが、私はこの夫婦のあいだに、隙間風が吹いているのに気付きました。女の勘というものでしょう。

彼の顔には、苦悩の色が見られました。でも、そのとき私が見たのは、何だったのでしょうか？

峠三吉はまえの年、32歳のとき共産党へ入党しておりますが、翌年、党は分裂を起こしました。

その年は問題が多く、沖縄の群島政府発足は別としても、共産党と全学連が対立を強めていますから、政治的な悩みがあったのかもしれません。

しかし彼は、それより早く25歳のとき、キリスト教の洗礼を受けていました。

そこです、私が見たのは、悩めるクリスチャンの顔だったような気がするのです。

古いキリスト教の世界観の中には、天国と煉獄と地獄があります。地獄と天国は、仏教の地獄・極楽に似たようなものでしょうが、煉獄はいささか分かりにくいかもしれません。

そこで若干の説明を加えますと、煉獄・プルガトリオはカトリックの教えによれば、死者が天国に入るまえに、その霊が火によって罪を浄化されると信じられている場所のことなのです。天国と地獄のあいだですが、このあたりに多い仏教、峠家の宗派である浄土真宗からみれば、煉獄は地獄に近いものかもしれません。

この煉獄には霊魂日があり、十一月一日の万聖節の翌日に行なわれるのは、煉獄の霊魂も広い意味では聖人の中に含まれるからです。この日教会の信者は、死後の浄化道である煉獄から、彼らが一日も速く出られるように祈るのです。死者のために祈ることは、古い使徒時代からありました。しかし、フランスのベネディクト会クリュニー修道院長が、九九八年の十一月二日に諸死者のためにミサ聖祭を行なうよう命じたのに始まり、この習慣が全キリスト教国に広まったのです。当時はまだ新教はありませんから、ひとまずカトリックの世界観ということになるのでしょう。

それをプロテスタントである三吉に当てはめるのは適切でないかもしれませんが、三吉はカトリックのゾルゲ神父とも付き合いがありましたし、煉獄が相応しい人のようにも思えました。あえて申し添えれば、やはり私も煉獄の住人かもしれません。

そして私は、確信犯のように、「三吉は私のものだ」という想いを、ますます強めてゆくのでした。

面妖な状況、不思議な機械がちらつきます。

（2）

私の故郷は黄泉の国
育った場所は地獄の隣……

想えば私の古い故郷、琉球王国時代の沖縄は、美しくて豊かな国でした。しかし十七世紀の初め、その豊かな国は島津氏の薩摩に征服されます。明治維新後は琉球藩が置かれ、明治十二（一八七九）年には沖縄県になりました。

それでも美しかったこの地方も、太平洋戦争の末期には、日本軍とアメリカ軍によって、完膚無きまでに破壊されました。爆撃・砲撃・火炎放射器……。

壊されたのは自然や建物だけでなく、生物としての人間や、精神内界まで壊されたのです。いろんな想いが去来します。自分を語り切ることはできませんが、せめて一部でも告白しておきましょう。

私のペンネームは友利智香《ともりちか》――。

一九二七年、つまり昭和二年の一月三十日、このたびは沖縄の那覇で生まれました。峠三吉は大正六年の早生まれですから、まるまる十歳違いということになります。

父は資産家の銀行マンでしたが、マルクス主義経済学を学んでおり、左翼や琉球独立運動の人たちとも交際がありました。徳田球一という、沖縄出身の共産党員とも付き合いがあったようです。

母も名門の出で、敬虔なクリスチャンでした。

このあたりの家庭環境は、峠の家と似たところもありますが、決定的な違いは、峠家が大和民族という多数派であるのに対し、私どもは琉球民族という少数派だったことです。

やがて世相の軍国化とともに左翼への弾圧が始まり、沖縄では差別意識も混じって、ひどい時代になるのです。

昭和三年の三月には三・一五事件という共産党の大弾圧があり、徳田さんもこのとき投獄され、十八年間獄中生活を送ります。父も検挙されましたが、経済界が手を廻したせいか、すぐ釈放されたそうです。昭和四年の四月には、四・一六事件と呼ばれる共産党への全国的な大検挙がありました。三吉の長兄・一夫さんが、京都の旧制三高を放校処分になったのは、このときでした。

翌五年には、峠家が特別高等警察の家宅捜索を受けたそうです。この特殊な警察は、とりわけ思想犯を取り調べるもので、俗に特高《とっこう》と呼んで恐れられたものです。私はまだ3歳ほどでしたが、怖い小父さんが父の部屋を探していた記憶が残っています。

さらに翌六年には弟が生まれましたが、その年には満州事変が始まっています。あとで聞いたところによると、このころから峠三吉は詩作を始めたそうです。

私が地元の高等尋常小学校に入学した昭和八年には、作家の小林多喜二が築地署で虐殺され、日本は国際連盟から脱退しております。

弟は素直な性格でしたが、私はギスギスした可愛げのない少女で、先生にもよく食って掛かっていました。成績はよくて、本は手当たり次第に読んでいまして、小学校の五年生くらいになると、大人の本もどんどん読んでいました。

三・一五事件以後、父親は警察の手入れを用心して、本棚の見えるところには皇国思想の本を並べていましたので、それらもほとんど眼を通しましたが、矛盾に満ちたもののように思われました。

社会主義関係の本は、別のところに隠していましたが、それも見付けて読み通しました。

小学校を卒業したのは一九三九年で、引き続きそこの高等科へ進みましたが、学校へはあまり行かないで、家や図書館の本を読み漁っていました。将来は物書きになりたい、演劇をしたい、などと思っていたのです。

そんなわけで左翼についての知識も、子どものレベルを超えたものになっていました。

たとえば、日本共産党がコミンテルン支部として、非合法裏に結成されたのは大正十一（一九二二）年のことです。コミンテルンというのはロシヤ語で、国際共産主義運動の指導組織のことです。第三インターナショナルとも呼ばれていますが、第三と言うからには、そのまえがあるはずでしょう。

じっさい、第一インターナショナルは、マルクスの指導によりロンドンで結成され、正式には国際労働者協会と申しますが、マルクス派とバクーニン派に分かれて紛争を起こし、二十世紀が来るまえに解散しました。

第二インターナショナルはパリで創立された、各国の社会主義政党や労働組合の国際的な連合組織ですが、第一次大戦とともに実質上解体しています。

そこで、第三インターナショナルがレーニンらの指導により、ロシア共産党を中心にしてモスクワに創設されました。これがコミンテルンのことで、その支部として生まれた日本共産党に話を戻しますと、もともと非合法に作られたものなので、激しい弾圧に遭いました。三・一五事件などが起こったのです。

もちろん子どもの私が、これだけ整然と頭に入れていたわけではなく、成人後の知識を混ぜて書いているのですが、両親の眼にも異様に見えたのかもしれません。

これ以上深入りさせないためか、あるいは将来に希望を託したのか、その年が終わるまえに父から、「本土の女学校に行ってみないか」という話が出たのです。

それは日米開戦が噂されていた頃でした。父の頭の中には、やがて沖縄も戦場になり、住民が悲惨な目に遭う情景が見えていたのかもしれません。

母もこのプランには関わっていたようです。多少の不安はありましたが、もともと好奇心の強い私は訊きました。「本土って、どこなの？」

「広島なの。でも、左翼の本は読んではダメよ、あそこは陸軍の強いところですからね」と、母が呪文のように言いました。

普通の子どもと比べると一年遅れて、私は昭和十五年に広島女学院へ入学しました。高等科の一年間が余分だったからです。

学校の手続きや下宿の世話は母が、学費関係は父が手配して下さいましたので、なんの不安もありません。

広島女学院はメソジストで、プロテスタントの一派でございます。それは十八世紀の前半にオックスフォードで起こされた敬虔主義的な運動でした。敬虔主義とは、ドイツのプロテスタンティズムが教義と形式に堕したのを嘆いた人が、聖書を中心にして体験と実践とを強調したものです。日本では十九世紀の後半、明治六年に教えが始まり、日本基督教団の中に合同されていますが、地元では私たちの学校を、ミッションスクールとも呼んでいました。

一年遅れの入学ですが、私は早生まれなので、生まれた年は多くのクラスメートと同じでした。でも、この一年の差は大きく、内地からの入学生がひどく子どもじみて見えることもありましたが、それを口に出さないだけの分別もついていました。

それに世相がますます悪い方に向かい、入学の翌年には、とうとう太平洋戦争が始まったのです。それ以後、女学院に対する風当たりが強くなってきます。

英語は敵性語として禁止の傾向にあり、「スパイ学校」と罵られることもありました。先生方のご苦労は、大変なものだったでしょう。

「天皇陛下とキリストと、どちらが偉いか？」長い日本刀をぶら下げた陸軍将校が、江戸時代の踏み絵のような質問をします。うっかりしたことは言えません。

そのうちに事態は、さらに悪化しました。学徒動員令により、軍需工場で働かされることになったのです。三菱重工業とか東洋工業とか、呉海軍工廠とか……私たちは呉よりもう少し先の広という町にある、十一空廠の工場で働くことになりました。

ここは呉海軍工廠広支廠として出発し、のちに第十一海軍航空廠として独立したものでした。それは三吉が、編隊機の俳句を詠んで、朝日新聞社賞を貰ったのより少しあとのことです。ここでは、ひどい空爆を受け、動員学徒からも死者が出ましたが、なにより辛いのは全寮制で、夜勤を含む、一日八時間三交代の勤務体制でした。

それで先生たちは知恵を絞って、一九四五年三月で高等女学校五年を修了・卒業し、その上の専門学校に行く者は、別の条件の工場へ移すことにして下さいました。

多くの同級生はこれに従い、広島の学校に帰りましたが、私は「お国の大事のときに職場を抜け出すことはできない」という理由を付けて、広に残りました。

その本心は、汗臭い陸軍より、潮の香のする海軍のほうが好きだったからですが、もっとはっきり言えば、沖縄につながる潮の香が、じつは遠い琉球王国を思い出させるからかもしれません。

ところが、そのおかげで広島の被爆から免れ、学校に帰った人たちは、ほとんどが被爆したのです。

しかし、生き残った者は幸福だ、とばかりは言いきれません。私は生き残ったおかげで、沖縄の両親や弟が、それぞれ不幸な死に方をした、いや殺された、ということを知らねばならなかったからです。

ただ一つのよい思い出といえば、峠三吉と出遭ったことかもしれないのですが……。

（3）

終戦とともに学徒動員は解除されましたが、その代わりに、孤児になった私は働いて生きてゆかねばならなくなりました。

その時点での私は、もう高等女学校は卒業していたので、母校の事務員として働くことになりました。校舎の復興、同窓会名簿の作成……あの八月六日、一年・二年の低学年は建物疎開に駆り出されていたので、被害は一番大きかったのです。

その多忙な仕事の合間を縫って、私は左翼・右翼に関する勉強や若者たちの文化運動とともに、沖縄戦での死没者に関わる責任者追及の仕事に手を染めていました。

終戦の年の六月二十三日、日本軍司令官・牛山満陸軍中将が自決して沖縄戦は終わりましたが、島民十数万人が犠牲になったと言われています。かつての地底人たちは、すでに死に絶えていたのか、そのとき巻き添えをくったのか、ともあれ日本軍によって殺された人たちもいる、という噂を耳にしたこともあります。

他方、大谷實少将率いる海軍陸戦隊には騎士道があったという話を聞いたこともありますが、戦後の日本では、自分たちで戦争犯罪人を裁くことはありませんでした。

そして戦後は、反戦・反核の平和運動とともに、政治とは関わりのない文学・音楽・美術などの文化運動も盛んになっていました。十二月には、広島文理科大学の大村英幸という人が広島青年文化連盟を作っています。

私は、沖縄に関心を持つ人を探す目的もあって、いろんな会に出るようにしていましたが、原爆の問題は出ても、沖縄は出てきません。

翌年になると、広島音楽連盟とか児童文化研究会などで、峠三吉という名をよく聞くようになりました。私は三吉のことを、ある程度は調べました。

大村さんは三吉とも繋がっていましたが、共産党に入っていたようです。徳田球一さんは終戦後出獄し、翌年から代議士になりましたが、その筋を頼る気にはなれません。

私は、コミンテルンもコミュニストも、それほど好きになれず、むしろアナーキスト、無政府主義者のほうに、より大きな興味を持っていました。ユートピア思想としての共産主義が古代からあったように、無政府主義も古くからありましたが、ここではフランス革命以後の、近代無政府主義に絞っておきましょう。

それは国家だけでなく県も市も、一切の政治権力を否定し、個人の完全な自由と、自由な個人の自主的な結び付きによる社会を実現しようとするものです。十九世紀におけるフランスの社会主義者、ピエール・ジョセフ・プルードンたちが唱えだした思想です。

ロシアのバクーニンは、十九世紀中葉の革命家で、シベリア流刑中に脱走し、日本経由でロンドンに亡命して第一インターナショナルに参加します。少し遅れて出たロシアの公爵クロポトキンは、一八七二年に国際労働者協会に加入し、相互扶助こそが進化の法則だとして、学問的な基礎を作ろうとしました。

永続革命論のトロツキーは、一国社会主義のスターリンにより党を除名され、亡命地のメキシコで暗殺されました。正義は常に敗者の側にあるのかもしれません。

暴力に訴えないで、教育などでアナーキズムの理想を達成しようとする者としては、アメリカのソローがいますし、ロシアのトルストイにもアナーキズムがみられます。

日本の平和的な傾向の人としては、安部磯雄らと『新世紀』を創刊し、大戦後は日本アナーキスト連盟を組織した石川三四郎たちがいます。幸徳秋水や大杉栄たちのイメージを悪用し、極悪人の先入観が作られたようですが、人道主義的な白樺派の作家たちの中にも近似の思想が感じられますから、窮極の理想主義と考えてよいのかもしれません。

実務の面ではコミュニストのほうが上手ですが、人間的にはアナーキストのほうが魅力的で、関東大震災に際しての戒厳令下、甘粕正彦憲兵大尉により、大杉栄とともに虐殺された伊藤野枝などは、きわめて興味のある人物です。

じつは私の父も、アメリカ軍の沖縄上陸が始まる直前、帝国陸軍に呼び出されたまま帰って来なかった、という情報が入っていました。それで、陸軍の軍人に殺されたという点が私の脳裡に焼きついていたのかもしれませんが、文化運動をしていた友人の一人が、「あなた、伊藤野枝に似たところがあるわね」と言ったのも、耳の奥に残っていました。顔が似ているのか、性格が似ているのか、どちらだったのかは判然としません。

大杉栄の自由恋愛論や、「美はただ乱調にある。諧調は偽りである」という言葉にも共鳴していましたが、伊藤野枝の生き方自体にも魅せられていたのです。

伊藤野枝はダダイストの元祖、辻潤の恋女房でした。

戸籍上では、それよりまえに一度結婚しているのですが、その名は歴史に残っていません。人間、男でも女でも、無名の生涯のほうが幸福なのかもしれませんが、私は厭です。おそらく野枝も、そうだったのでしょう。

辻によれば、あらゆる思想は真理ではなく、迷妄なのです。それで彼は、絶えず自己を否定し、脱却しようともがいていました。キリスト教―社会主義―自然主義―無政府主義―ニヒリズム―ダダイズム……。

峠三吉の中にもニヒリストの一面はあります。ダダやアナーキーには否定的でしたが、大杉や野枝のほうの話を続けましょう。

伊藤野枝は辻潤の子どもを二人産みましたが、彼が意外にも愚図なのに物足りなくなった彼女は、アナーキストの大杉栄に鞍替えします。要するに、大杉栄には男としての魅力があったからでしょうが、この自由恋愛論者は、じつに女出入りの多い男でした。

彼には糟糠の妻の堀保子がいました。彼女は、日本共産党初代委員長・堺利彦の奥さんの妹です。病身でしたが、彼より三、四歳年上の姉さん女房です。

ところがここに、婦人記者をしていた情人・神近市子に加えて伊藤野枝が登場し、四角関係を生じました。

この中で生活力のあるのは、神近市子だけです。大杉栄と他の女二人は、市子の金を使って太平楽をならべているのですから、腹が立つのも無理はないでしょう。

その矛先は正妻の堀保子でなく、伊藤野枝に向けられました。しかし野枝は動物的な生命力を持った女で、市子の理論的な話など通用しません。結局、錯乱状態の市子は、短刀で大杉栄に斬りつけました。世に「日蔭の茶屋事件」と呼ばれる情痴傷害事件です。

野枝はそんなことなど平気の平左で、虐殺されるまでの短期間に、栄の子を五人も生んでいます。これこそ女の中の女だ、と私は思いました。

そのときはまだ、よもや私が峠三吉を巡って、似たような四角関係に陥ろうなどとは、思ってもみなかったのでございます。

峠三吉は徐々に名を挙げてきていました。

女性関係の噂もありましたが、平和運動でも文化活動においても、とりわけ詩人としての評価は上がってきたようです。

その年の十月には「われらの詩の会」を結成して代表になり、機関誌『われらの詩』を発刊していますが、それが可能になったのは、蔭で峠夫人・原田和子さんの支えがあったればこそでしょう。

原田和子さんの旧姓は小西、女学生時代から才女でした。最初の結婚に失敗し、原田家の後妻になりますが、封建的な家柄で苦労したあげく原爆で夫を失います。三吉と親密な仲になりますが、その結婚には種々の難点がありました。彼女が3歳年上で治《おさむ》という男の子がおり、親権の関係もあって原田の籍を抜くことができません。おまけに不妊手術を受けさされていたのです。

こうしたハンディキャップにも拘らず、なかば和子さんに押し切られたような格好で結婚したのですが、原田家の力が強かったため、結婚してからも原田和子を生涯続けてゆかなければいけませんでした。

そこへ私が割り込もうとしたわけです。いくらかギクシャクした記憶を交えて、初めて二人のアパートへお邪魔して過ごしたときのことが思い出されます。

あれは一九五一年の春、彼が『原爆詩集』出版に心血を注いでいた頃のことです。私ともう一人の若い女性ファンが、サークル集会で呼ばれたあと一泊することになって彼と話をしていると、和子夫人が隣の部屋から大きな声で、「あなた、こっちへいらっしゃい！　お客様も疲れているのよ！」とヒステリックに呼び付けるのです。

すると三吉は、二つの部屋のあいだの襖のところに立って、両方を見ながら、「わしゃあ、どっちに行ったらええんかいのう？」と言うのです。

それは、一九五〇年の十一月初旬に国立療養所広島病院の廊下ですれ違った際の印象を極端にしたようなものでしたが、なんとも悲しい感じでした。

これが革命家の奥さんの言動なのだろうか？　これが革命的詩人の態度なのだろうか？　こ

の人は確信犯になれるような人じゃあない、ピエロだ……。

そのとき私の脳裡をよぎったのは、太宰治のある作中人物だったのです。この男は、戦前の「道化の華」に出てきますが、代表作の「人間失格」における主人公も同系列の人物だったのです。

ところがそのうちに、私は三吉の別の面も知ることになります。それは彼が、「おれの子種は優秀なんだ」と豪語していたことです。九州のある大名の身分の高い家臣だということを誇っているようなのですが、これは子どもを生めぬ身の和子夫人にとって、どんなにか辛いことだったでしょう。

それはあどけない幼児が、平気で昆虫や小動物を殺すのにも似ています。彼には小児性が残っていたに違いありません。

でも、自分の子どもが持てないということは、三吉にとっても辛いことだったのでしょう。歌人の正田篠枝さんは、こんな歌を残しているのです。

三吉が　死ねば此の世に　己が血を　継ぐ者なしと　寂しげに言う

これも彼の一部に過ぎないと思われましたが、私は心の中で和子夫人に詫びながらも、「私なら幾人でも産んで上げますよ」と言ったものです。伊藤野枝は短期間に、合計七人も産んだのですから、私も肺結核が治れば、不可能ではないでしょう。

それと同時に、私はもう一つ秘め事を付け加えました。「私は、琉球王朝所縁の者の生まれ変わりなの」と。

そのとき三吉は、ぽかんとした顔をして、なにかを思い出そうとしている風情でしたが、結局、なにも掴めないようでした。

ところが私のほうは、彼も私も、ある男と女の生まれ変わりだということを、ちゃんと思い起こしていたのです。

（4）

外はみぞれ、何を笑ふやレニン像

太宰治に、こんな句があります。私の時代の文学少女は、みな太宰に凝ったものでした。彼自身、マルクス学生の行動隊の隊長になったこともありますし、「道化の華」にもマルキシズムは出てきます。三吉にも、という句がありますが、これは彼の兄を詠んだものであり、三吉と太宰治の作中人物に類似点があるという見解は、仲間の失笑を買いそうなので黙っておきました。

それで以後は、この件には触れないようにして、かねてから興味を持っていた八太舟三《はったしゅうぞう》という牧師上がりのアナーキストや、その周辺の調査などに没頭しました。

八太は一八八六（明治十九）年に三重県の津で、没落した旧家の七番目の子として生まれました。下級船員として台湾にいた際プロテスタントに入信し、宣教師になります。広島の茂陰教会にも四年いましたが、キリスト教的なパラダイスを実現するには、アナーキズムしかないと考えるようになり、晩年にアナーキスト広瀬庫太郎の妹・わかと同棲し、一九三四年一月末に死亡しましたが、最後はキリスト教に戻っていたそうです。

こうした人脈は戦後へと続きますが、手掛かりになるのは『平民新聞』でしょう。これはもともと、幸徳秋水と堺利彦が一九〇三（明治三十六）年に創刊した社会主義の週刊新聞で、日露戦争に際して反戦論を説きましたが、政府の弾圧で廃刊になりました。

戦後は一九四六年六月に、日本アナキスト連盟の東京事務局が週刊『平民新聞』を出しますが、急に経営不振が表面化し、一二九号で休刊します。もはや収拾能力がなかったので、ひとまず広島が引き継ぎます。

というのは、広島の栗原唯一が以前から『広島平民新聞』を独力で出していたからで、海外亡命経験と東京での編集経験のある久保譲が編集を手伝い、栗原が発行と経営を受け持つことになったのです。彼は「生ましめんかな」という詩で有名な栗原貞子の夫で、一九四九年の十二月二十日号から旬刊『平民新聞』（広島版）を七号ほど出し、一九五〇年の五月一日号から岡山の高畑信一氏にバトンタッチします。

これらは、日本共産党が「五〇年分裂」と呼ばれる抗争に明け暮れ、さらに武力闘争で問題を起こしていた頃のことでございます。

当時の日本共産党は、徳田球一らの「所感派」と呼ばれる主流派と、宮本顕治らの「国際派」に大別されますが、両派から疎外された中間派もありました。


峠三吉は、こうした波に巻き込まれながら、悩んでいたようです。

「もともと広島には活動家が少ないんだ。それに、信じていた友だちも離れて行ったわい。信じられるものなんて、ありゃあせんよのう」とショゲルのでした。

淋しいときなどに三吉は、わざと広島弁まる出しで愚痴ることがよくありました。詳しいことは存じませんが、共産党の内部分裂は広島にも影響しているようです。別れて行ったというのは所感派、つまり主流派に属していた増岡敏和さんや深川宗俊さんたちのことでしょう。

増岡さんは、一九二八年生まれですから、私とほぼ同世代で、のちには医療機関の事務長などをしておられます。深川さんは大正生まれで、本名は前畑雅俊。被爆時には三菱重工業広島機械製作所で、朝鮮人徴用工の指導員をしておられました。これが戦後における反核平和運動の原点となったに違いありません。

「深川君が来てのう、『新日本文学』はダメじゃ、あんなものとは手を切って『人民文学』に入れと言うんじゃが、わしは首を縦に振らんよ。『新日本文学』がダメとは思えん」

彼のボヤキは続きます。『新日本文学』というのは終戦の翌年、中野重治や宮本百合子らにより創刊された文芸雑誌で、『人民文学』は、新日本文学会から脱退した藤森成吉らが、一九五〇年十一月に創刊した雑誌です。あれこれ愚痴を聞いているとき、私は姉さん女房のように彼を慰めながら文学論じみたものをささやくのですが、ある程度は私の本音も入っていました。

「そりゃあ、そうでしょうよ。文学というものは、感動を呼び起こすかどうかで評価されるんだわ。描く対象だけで決められるのとは違うのよね。あの人たちの論旨はおかしいわ」

「そうとも……意見が違うと、すぐ罪人扱いにするような連中とは、論争しとうないな」

もともと争いの嫌いな彼は、私の言葉を聞くと安心したような表情に戻るのですが、それでも悩みを隠したような翳りが見えます。私にしても、全部を喋っているわけではありません。

でも、文学の中に政党や派閥を持ちこむことには反対でした。そうした立場をとったのは、三吉や且原純夫さんたちで、分類すれば国際派でしょうか……国際派でもサークル内に派閥意識をもちこむ人もいました。三吉の長兄は主流派でしょう。

三吉の周りにいる人たち、「われらの詩の会」の中心にいる人たちの中には共産党の党員が少なくなかったようですが、一九五〇年に西条の国立広島療養所へ入っていたとき知りあった好村冨士彦さんは、少し毛色が変わっていました。

当時は広島大学理学部物理学科の学生でしたが、峠三吉の詩に感銘を受け、のちに早稲田の文学部に転じ、ドイツ文学者として大成します。

私自身も共産党員ではありませんし、党の内部事情にはあまり興味をもっていませんでした。しかしすぐあと、私の興味を惹かざるを得ないような出来事が起こったのです。

昭和二十七年三月、新日本文学会全国総会に出席するため、三吉は東京へ行くことになりました。

その途中、尾道で途中下車して文学会の支部に立ち寄り、尾道から福山までは詩集『原子雲の下より』を一緒に編集した山代巴さんと同行し、岡山では詩人の御庄博実さんと会って、叙事詩「ヒロシマ」の構想を語っています。

それから東京へ向かいますが、静岡の手前でまたしても喀血を起こしたため下車し、日赤静岡病院に入院します。ここで出遭ったのが加藤文子という看護婦さんで、その情報はすぐ広島にも届きました。

私の耳に入った加藤看護婦の風貌は、どうやら私と真反対のような感じでした。色白で、ふっくらして、それでいて毅然としたところがあって……どうやら最初は、彼女のほうから、悩み事の相談をもちかけたらしいのです。そして親密になってゆく……いろいろ相談し合っている様子とか、色紙に詩を書いて渡したという噂……この看護婦さんには尾山さんがお会いしてきて「いい人だ」と言っていますし、加藤さんからの手紙を且原さんが三吉に渡したりしているのです。これまでに三吉が十人余りの女性を愛してきたとしても、ぜんぜん気になりません。でも私以後に現われた女を許すことはできませんでした。私は嫉妬に狂ってゆきました。

まるで大杉栄・堀保子・神近市子・伊藤野枝の四角関係のように、峠三吉・原田和子・加藤文子・友利智香つまり私という構図が出来上がるではありませんか。

こうなると、三吉の厭な面ばかりが浮かび上がってきます。彼は日記の中で自分のことを「余」と書いていますが、なんとも時代錯誤的ですね。また、「おれの家は佐賀藩の士族の血統だ」と威張るのです。そんなことが、いまどき通用するのでしょうか。

おまけに和子夫人に向かって、「おまえは網元の娘じゃあないか」と罵るのですから、言語道断です。

我慢できなくなった私は、あるとき、自分の家族や前世のことを話したあと、生まれ変わりのメカニズムについても触れてみたのです。

三吉は口を半開きにしたまま黙っていましたが、私はそこに、男のずるさを感じました。大杉栄の自由恋愛論にしても、男に都合のいい屁理屈に過ぎないのですが、私の話は三吉に、多少はこたえたようでした。

でも、その程度では、私の気持ちが鎮まるわけがありません。

峠三吉は自分のものだ、彼は大杉栄クラスの男で、自分は伊藤野枝に相当する女なのだと、私は思い込んでいました。それがいま、崩れようとしているのです。

どうしてくれよう――私は狂おしく悩みました。私が峠三吉を刺すことはできません。私は神近市子ではなくて、伊藤野枝なのですから。

原田和子夫人は堀保子ですから、神近市子役は加藤文子がしなければならないでしょう。

だからといっても、加藤さんが三吉を刺す確率は、ほとんどありません。せめてものことにと、私はフィクションの中で、加藤看護婦に三吉を殺させることにしたのでした。

いずれ三吉が肺の手術を受けることは、ほぼ確実でした。その手術の日、手術の始まる直前、手術台の上で、三吉を殺させるのです。……私の目のまえが真っ赤になります。もはや私の神経は、常軌を逸していました。私はそれを書き上げました。

私はその短篇に「春雪の血痕」という題を付け、これまでにも作品を発表したことのある同人雑誌に載せてもらう予定にしておりました。

しかし私にも躊躇《ためら》いがありました。小説だからといっても許されない程度の、後味の悪さを感じたのです。私は活字になるまえに原稿を破り捨て、別の物語を書きました。物語というよりも、遠い過去の事実なのです。つまり――

私の前生は琉球王朝の大臣の娘、三吉は鹿児島藩の若いエリート藩士でした。

彼の母親のルーツは佐賀の鍋島ですが、故あって薩摩と血が混じり、長じて青年武士となった前世の三吉《みつよし》は、海軍を指揮して琉球占領のためにやって来たのです。

前世における私の父は、対薩摩抵抗勢力の急先鋒でしたから、激しい戦闘の末、捕えられ殺されそうになります。私は父を救うため、敵陣に乗り込みました。色仕掛けで父を救出しようとしたのです。敵の若い侍大将は、まだ少年の匂いのする青年武将でした。彼は呆気ないほど簡単に私の願いを聞き入れ、父を逃がしてくれました。私は感謝しましたが、年若い道化のような彼の振舞いを、内心、軽蔑しておりました。でも、彼が侵攻して来た薩摩陸軍の総大将の命令で斬首の刑になったと聞いたときには、さすがに泣きました。いえ、そのときだけではなく、生涯ずっとです。あの生涯でも私は長生きしましたが、彼ほど優しい人はいなかったからです。

その後の私は、煉獄にいるような苦しみを感じ続けて生きました。彼も私を求めているに違いない、と思ったりしました。その挙句、私は窮極の決心をしました。地底の異星人と交渉して、転生再生機の使用願いを出すことです。

かつての琉球王朝が栄えたのは、太平洋海上交易権の中枢であっただけでなく、地底人とも交易していたのです。彼らは他の天体の住民でしたが、追われて琉球へ辿り着いたのを、私たちの先祖が助け庇って、地底王国建設を助けたのです。

彼らは哺乳類的な種族保存の方法は採らず、体内の幹細胞《ステムセル》から生体を作り、時間移動の際は、まず素粒子レベルまで分解してから加速器にかけ、目的の時点へ送り出すのです。

私はその手段を使って、次の世への再生と再会を目論んだのです。超常現象としての生まれ変わりではなく、異星人の科学技術を利用しての、唯物弁証法的な転生です。まず私は、あの男の生首から少しばかりの肉塊を盗み取って、地底人に渡しました。幹細胞を作るためです。

それが成功したら、素粒子にばらして、加速器にかける……。

あとは私の番——あのとき、私は決心したのです。今度逢ったら離すまいと……。

（5）

世の中には、生まれながらに幸福な連中もいれば、どうにもならない不幸な人たちもいます。

今回の四角関係に陥った四人は、みなそれぞれに不幸な生涯を歩みました。

峠三吉の上京、喀血・静岡日赤入院に関連し、資金カンパや輸血隊を組織した人たちや、古くからの知人の中から、加藤看護婦と親密になったことについての非難が出たのは、当然のことでしょう。

三人の女性が、それぞれ異なった不愉快な体験をしたのも確かですが、奇妙なことに、一つだけ同じ意見を持っていました。それは肺の手術に反対したことです。

彼の肺葉切除が決まった一九五三年の一月には、閣議が軍人恩給の復活を決定し、二月末には吉田首相が衆議院予算委員会で「バカヤロー」と発言し、衆議院は解散へと動き始めました。私は吉田茂なんか大嫌いでしたが、倒閣運動に加わるほどの元気はありません。結核の再燃ではなかったのですが、精神的なショックからか、体調を崩して、個人病院に入院していたのです。

そのあと三月五日でしたか、ソ連のスターリン首相が死んだせいらしく、東京証券市場が暴落しましたが、それも私には縁のうすい出来事でした。私は漫然と新聞を読み流し、落ち着かぬ気持ちで彼の手術の日、三月九日の月曜日を迎えました。

その日は、まさに早春を感じさせるようなよく晴れた朝から始まりましたが、ともすれば不安が胸をよぎるのです。そのたびにヒヤッとして、白刃の上を渡る曲芸が失敗して血まみれになるような恐怖に襲われました。

以前の私なら、こんな気持ちに襲われることはなかったはず……と自分の弱気に鞭打ちながら、「無事に手術がすんだらすぐ連絡するからね」と言った彼の言葉を思い出して、午後の時間をヤキモキしながら過ごし、日足の伸びだした夕刻も待ちましたが、連絡はありません。

待ちくたびれて、うなされながら半ば泣きじゃくったあと、浅い眠りに落ち、またうなされて眼を覚ますと、傍に看護婦さんが立っていました。加藤看護婦が復讐に来たのかと思ってぞっとしましたが、それはこの病院の看護婦さんでした。彼女は、

「これ、なんのことか分かります?」と言いながら、電報を渡してくれました。それには《トウゲ　シス》と印字してありました。

私は放心状態になりましたが、やがて気持ちをとりなおし、西条の療養所に電話して、付き添っている人を呼んで貰いました。最初は女の人が出ましたが、あとで男の人に替わります。彼は「われらの詩の会の江草実です」と名乗ったあとで告げたのです。「彼もよく頑張りまし

たよ、夜明けまで輸血して……でもダメでした……」

私はへたへたと、その場に座り込んでしまいました。

あとで聞いたところによると、三吉の棺は且原さんが赤旗で包んだのですが、火葬のまえに長姉の嘉子さんでしょうか、そっと聖書を差し入れた人がいたそうです。

ところで、この時点でも奇妙・夢幻な出来事が起こっておりました。葬儀・告別式へ参列した礼状がきたのです。私は奇妙な戦慄を覚えました。私自身は参列することなく、私の病室にいた、と思っていたからです。どちらが事実だったのでしょうか?

好村さんに訊いてみますと、「ドッペル・ゲンガーじゃないかな?」と言うのです。これは分裂した二つの自我の存在を意味するドイツ語で、乃木希典将軍は、手紙を書いている自分を自分が見ている体験があるそうです。私はとても怖い想いに襲われました。

そういえば昭和十五年の三吉の俳句や短歌に、

柘榴《ざくろ》爆《は》ぜ何処かで泣いてゐる自分

狂女の様な粉雪を眺めながらもう一人の自分に追ひかけられてゐる自分

というのがありますが、これも同じようなものでしょうか？

原爆詩人としては先輩である原民喜さんは、自分で自分の葬式にであう「行列」という掌編を書いていらっしゃいます。これも同じ系統なのでしょうか？

そうですよ、きっと。一つの空間に二人の自分がいるということは、絶無ではないとしても、かなり珍しいことですし、それ相当の意味のあることなのでしょう。

三吉の戦争末期の詩に「彗星」というのがあって、《転生》の概念が出てきますが、仏教的でもなく、オカルト的でもありません。詩人の言葉の中には、輪廻転生とか生まれ変わりなどはしばしば出てきますが、じっさいに生まれ変わった連中なんて、ほとんどいないのです。

我が家の伝承では、二重の自我が見えるのは、まえの世で人間だった証拠だそうで、すべての人間が生まれ変わるわけではないんです。それは宗教的な善因善果ではなくて、宇宙的規模の計算から生まれる、なにか必然的な結果なのだそうです。

そうした稀な現象が二つ接触するということは、よくよく稀な強いポテンシャルを持った現象だ、というわけなのでしょう。

こうしていても、私は自分の遠い過去から逃れることはできず、私の周囲には過去と未来をまたいで、おどろおどろとした気体が流れてゆくのです……。

夢のような現《うつつ》の中で、峠三吉が死んだ昭和二十八年三月十日には、朝鮮戦争はまだ続いていました。休戦協定が調印されたのは、七月二十七日のことです。

昭和三十四年には、峠三吉が世界の平和と日本の独立、諸国民の友好に貢献したとして、世界平和協議会・日本平和委員会から表彰されたそうですが、私にとってはいささか空しいことでした。沖縄について言及してくれる人はいなかったからです。

沖縄は悲惨でした。太平洋戦争の際は激戦地となり、多くの死者を出しましたが、日本兵に殺された琉球人もいたようです。当局から睨まれていた父も大杉栄のように、憲兵の手で殺されたのかもしれません。

あとで聞いたところによると、母は集団自決させられたといわれていますし、沖縄一中二年生だった弟は、鉄血勤皇隊に組み入れられ、戦死したそうです。

敗戦の結果、アメリカが施政権を行使するようになり、一九五二年四月、自治体琉球政府が置かれましたが、アメリカの現地陸軍司令官が兼務する高等弁務官が実権を持っていました。施政権が日本へ返されたのは一九七二（昭和四十七）年の五月ですが、軍事基地は残ったままでしたし、素直に喜べるような状況ではありませんでした。

広島では、三吉の没後十年の昭和三十八年七月に、深川宗俊さんを委員長とする峠三吉詩碑建設委員会によって、広島の平和公園内に、「ちちをかえせ、ははをかえせ」の詩碑が建立されました。

あの詩が訴えていることは、ヒロシマだけでなく、オキナワやアウシュヴィッツも感じられるのですが、沖縄の話はなかなか出ません。

栗原貞子さんが日本の加害性に気付いたのはべ平連運動の頃、日本風に言えば昭和四十年代のようですが、やや遅れて、一九八八年には「沖縄——焼き捨てられた旗」を書いています。

話が前後しますが、昭和二十九年の米水爆実験による第五福竜丸の被爆以来、各地の原子力発電所や東海村の核施設における事故、そしてソ連のチェルノブイリにおける原発の大事故が発生しています。すでに昭和五十二年十月には、東都電力福島第一原発で下請け労働者として一年間働いたあと骨髄性白血病となった男性が、すぐさま首を切られて死んだ事例などは、まことに心が痛みます。

もし三吉が生きていたら、原発反対の運動にも加わったでしょうし、沖縄の状況にも同情したに違いありません。もともと彼は、心の優しい人だったのですから。

そうです、三吉の死は、あまりにも唐突でした。それで私は、茫然自失の状態が続いていました。

戦後の『平民新聞』の流れは、『自由共産新聞』を経て『クロハタ』になってゆきます。私は赤旗より黒旗のほうが好きでしたが、三吉が死んだあとは張り合いがなくなったためか、私はアナーキズムへの情熱も失ったようでした。

彼の女性関係についても興味は失いましたが、思い出すことはできます。

まず初恋は父方の従妹・光子。それから、次姉・千栄子の嫁ぎ先である横浜の今井家の米子という家政婦。他方、療養中に短歌を通じて三桝多美子と逸見能子の二人と親しくなり、広島へ帰ってからは多美子を見舞いますが、八月六日に翠町で原爆に遭います。多美子は十一月、能子は翌年二月に結核で死にました。

戦後の三吉は各種の文化運動にタッチし、日本画家を志望する少女を愛しますが、俳句を通じて知り合った高知の女性も愛していました。平成二十一年十一月には井上素子との結婚に合意しますが、翌二十二年、井上素子との婚約を破棄して、原田和子と近づき、二十三年三月頃から、三歳年上の原田和子と同棲して、彼女の庇護のもとで生活するようになります。

山代巴さんや正田篠枝さんまで怪しいと噂する人たちもいました。山代さんは三吉のことを、「夫だったらいらん」と言っていますから、これは騒がなくてもいいでしょう。正田さんのほうは、「峠三吉氏を思う」という短歌を十三首ほど詠んでいますから、多少気になりますが、彼に十人を超す恋人がいたとしても、もう私は動揺しません。

なにはともかく正妻であった原田和子さんは、彼の死後もことあるごとに、「峠三吉の妻です」と誇らしげに語っていました。そこには政治的なプロパガンダが、感じられないでもありません。彼の詩が優れていることは間違いありませんが、このくらい政治的に利用された男もいないようです。

彼が一番信用していた川手健は、一九六〇年三月に上京し、四月二十八日に自殺しました。八五年には「川手 健を語る会」が開かれました。なんらかの形で、他日、冊子に纏められることでしょう。

私はアナーキストとかコミュニストとかいった立場を遠く離れ、ただの一人の女として、「私は峠三吉の最後の女です」と、言ってやりたいのです。

でも、念頭に一番重くのしかかっていた和子さんは自殺し、葬儀は一九六五年の三月に行なわれました。その数週間まえ、何者かが三吉の詩碑をペンキで汚したことも原因の一つかもしれませんが、三吉の長姉の三戸嘉子のところで首を吊ったことも強烈な印象として残り、またしても私は煉獄の日々を送るのでした。

和子さんだけでなく、彼女の姉の小西信子さんや歌人の正田篠枝さんなど、当時の関係者の多くが、どんどん死んでゆきます。

そのうちに昭和六十四年一月七日がきて、昭和天皇が崩御され、時代は平成になり、峠三吉を顕彰する印刷物もいろいろ出ましたが、私はなんのお手伝いもしていませんので、これらの中には私の名は出てきません。しかし別の点では不満をもっていました。

過ぎ去ったことの多くは、懐かしい思い出になってゆくもののようです。三吉自身はもとより、厭だった彼の仲間や女友達、そして正室・原田和子さんやその血族の方たちにも、懐かしさを感じるようになりましたが、我慢し難いことが、一つだけ残っています。

それは彼の日記のどこにも、私の名はおろか、私の存在を暗示するような記述が見られないことです。空白になっているのです。破り取られたに違いありません。

もともと私は、自己顕示欲の強い女なのでしょう。それだけに余計、無視されたことが心の奥にずしんと居据わり、消え去ってくれないのです。

私は詩人よりも作家になりたかったのですが、それもかなわず、琉球王国の復活は夢のまた夢……両親や弟を殺した直接・間接の犯人も不明のままで、もう一九九〇（平成二）年も終わろうとしています。犯人は多分、陸軍の兵隊だったのでしょう。

海軍守備隊長・大田實少将が日本へ送った最後の電文は、《沖縄県民斯ク戦ヘリ　県民ニ対シ後世特別ノ御高配ヲ賜ランコトヲ》でした。

私がこれを目にしたのは、自分の死期を自覚した頃です。記憶も曖昧になりだしていたせいか、なんとなく陸軍将兵の蛮行を許す気持ちさえ、起こり初めていました。

日々、ボケが進行してゆくような気がします。急がねばなりません。

私は、自分の総体である手紙類とこの抄録的な文章を誰にお届けしようかと、ちょっと迷いましたが、結局あなた様に、送りつけることに致しました。はじめにも書きましたように、これをどのように扱われようと、まったく自由です。

でも申し添えれば、そこに散見される私の生涯は、峠三吉に遭うまえも会っているときも、没後もプルガトリオ、まさに煉獄にいるような辛いものでした。そして多分、三吉にとっても、同じように辛いものだったに違いありません。

この世は生まれ変わりだけでなく、幾重の層にもなった多くの世界から成り立っているようです。どこにいるのが本物の自分か見当のつかないこともありますが、私自身の今回の寿命は、あと一年もつかどうか。

それでも私は、三吉を独り占めにしたいという想いに駆られながら、この世の煉獄を生き続けています。三吉は、そんな気持ちを起こさせる男だったのです。

私は救い難い邪悪な怨霊なのか、それとも純情というものなのか、あるいは三吉を含めて世界というものが、私には、まだよく分かりません。

私自身、ここに書いた話が本当にあったのかどうか、奇妙で怖い夢をみているだけかもしれないと、思ったりしているくらいなのですから……。

（創作・了）

第4節　ある絵の背景

峠三吉は朗読に意欲を見せたが、辻詩のようなパフォーマンスにも積極的だった。辻詩の絵を書いたのは、もっぱら四国五郎で、表紙や挿絵もたくさん描いているが、ガリ刷りの『原爆詩集』の、抽象画に近い表紙絵は、四国五郎の画風から言えば、異色の部類に属する傑作だ。

それを背景に借用し、濱本武一らが作ったとされるデスマスクなどを入れた「峠三吉コラージュ」（第五十八回広島平和美術展、二〇一二年八月二～七日、会場・広島県民文化センターに出品）という油彩を本書の冒頭に挿入しているが、その言葉の部分について、若干の説明をさせて頂きたい。

アテニアム文化協会については、すでに説明してあるが、この絵の中に、

炎風《ほのほかぜ》　迷ひ去らせし　ビラ白雨《はくう》

という句がビラの中に書き込んであるが、じつは私（俳号・渡辺晋山）の句であり、上五の「炎風」は、三吉他界の翌年に刊行された『追悼集』の副題「風のように炎のように」が念頭にあった。

これはもともと、《髪にそよぐ風のように生き／燃えつくした炎のように死ぬ》と詠んだルイ・アラゴン（一八九七～一九八二）の詩の一節が、三吉の手帳に書き込まれていた、ということから発している。好きな言葉だったに違いない。

若い頃シュールレアリストでニヒリズムに陥っていたアラゴンと、戦前は幻視の俳句を詠み《ニヒリスト運河沿ひゆく銀の月》のような句を残している三吉とでは、ともに後年、共産党に入党するなどの共通点が見られる。

また三吉が、「一九五〇年の八月六日」（前掲）を詠んだ頃、アラゴンも朝鮮戦争での原爆使用を危惧し、起こるかもしれない世界の終末を「最後の審判はないだろう」の中で、《まさにヒロシマ廃墟の絵図さながら》（大島博光・訳）と描いている。二十歳違う両者間の交流があったか否かは定かでないが、風と炎は、三吉にはよく似合っている。

ただし、三吉は燃え尽きて死んだのではなく、燃え上がった最中に死んだのであり、彼の炎の日々が反原爆の風を起こしたのだから、順序を逆にして「炎」「風」とした。

三吉が反核・平和の叙事詩を目指したのは一九五〇年八月六日、福屋百貨店の上からビラが撒かれたのが契機になっているから、これを画面に取り上げ、中七の「迷ひ去らせし」を入れた。なお「白雨」は夕立のことで、季語は夏である。

だが、この絵を描くにあたって、脳裡から離れぬものに三吉の幻視俳句があった。蝋燭から溶けて流れる蝋を涙に見立てた「蝋涙《ろうるい》」という言葉も、一つの要素になっている。三吉はこの言葉に、特別の想いを抱いていたらしく、昭和十四年の連作に、『作品集　上』に収録された童句感触の六句がある。この中の三句を並べてみよう。

蝋涙に壁のにほひのほの白く
蝋涙は人魚の夢を抱き堕つ
蝋涙にうつつなく海が鳴りゐたり

これらの句から私はなんとなく、

《海にいるのは、／あれは人魚ではないのです。／海にゐるのは、／あれは、浪ばかり》
（中原中也「北の海」）

という『中原中也詩集』の中に出てくる詩を連想し、それを目立たぬ背景として塗り込めたいと悪戦苦闘したのだが、少し横道に逸れだしたので、ここらで峠三吉への批判と顕彰に移ってみよう。

第五章　没後の状況（昭和二十八年三月十日〜平成時代）

第1節　批判・評価・顕彰

峠三吉は詩だけでなく、多くの芸術分野に関わっていた。演劇もその一つである。彼に縁の深い演劇人というと、第三章第2節で名前の出た大月洋を始め、戦後の広島小劇場─劇団広島民衆劇場（略して民劇）、さらには劇団月曜会に繋がる人々がいた。

民劇の会代表の輝本親孝の話によると、三吉死亡の第一報を大月洋に知らせたのは、照明のベテランだった河野兵次の奥さんの幸子夫人である。彼女は西条療養所の看護婦（現・看護師）で、峠三吉と詩の勉強会をしている仲間だったのだ。大月は三日まえに会って、元気なところを見たばかりだったからショックも大きく、「峠が死んだ、峠が死んだ！」と呻きながら号泣したという。

このように、峠三吉は多くの人に愛されたが、彼自身および彼の詩について、あまりよい評価を下さない人も、いないわけではない。

サークル詩人だとして、一段下に見る者もいるし、『原爆詩集』の「序」詩にしても、スローガンに過ぎないと考える者もいたわけだ。

すべてが嫌いだ、と言う人もいるが、これには彼の共産党入党も関係しているようである。政治的信条から作品を評価するのは正しい態度だとは思えないが、戦前の抒情詩から戦後の叙事詩への変換に時間がかかっている点と、三吉の詩論や随筆に戦前の幻視俳句に繋がるような文章がない点は、興味が湧く。

大田洋子や原民喜が被爆直後から、すぐ作品化に取り掛かっているのに比べると、峠三吉の場合は、かなりの時間がかかっているのだ。この点は、洋子や民喜が戦前すでに作家になっていたのに対し、三吉は未完の詩人だった、という違いがあるかもしれないし、あるいは、幻視の文学空間を整理するのに時間がかかったのかもしれない。

彼が入党したのは昭和二十四年四月だから、短い彼の生涯で言えば比較的晩年に属することであり、詩人の望月久は、峠三吉のことを「赤大根」と表現した由である。外は赤いが中は白い、という意味だ。

第三章第3節でも名前の出た今堀誠二は『原水爆時代―現代史の証言―(下)』(前掲書)において、戦後早い時期の三吉につき、次のように述べている。

《彼はこの間に多くの詩を作り、また詩論を書いているが、作風は近代詩の系統に属するものでプロレタリア芸術とは無縁であった。彼自身のかもし出す空気もきわめてサロン的で、音楽茶房「ムシカ」にあらわれて名曲鑑賞のひとときを送るのが、日課になっていた。女性関係でも多くの話題をまいた》

昭和二十二年十二月の原田和子との結婚を前後して、三吉の女性関係を非難する声もあった。女性問題はその後も起こるし、部分的には、創作「ブルガトリオふみ」の中で描いたような三吉像もあったわけだ。

峠三吉は強い女性に惹かれると同時に、弱い女への愛情を抱き続けた。これが女性問題として誤解を生むもとになったのだが、それは詩人に特有な資質でもあったのだ。少女を詠んだものは第一章第2節に出しておいたが、こんな句もある。

家を恋はぬ大朧夜の少女かな　（十三年）
鳳仙花少女の瞳怖ぢ易く　（十四年）
鹿はけもの少女のにほひ雲となる　（十五年）

強い女を詠み込んだ短歌としては、

白き衣の看護婦の腕逞しく夜半の燈下に兄は死にゆく　（十一年）

主義を得て花火のごとくとびゆきし姉がこころに埋る亡母君《ははぎみ》（十四年）

早く母親を失った三吉には、母性ないし女性思慕があり、それが強い女性に惹かれるとともに、弱い少女に惹かれるというアンビヴァレンス（両価性）があったと思われる。これは両面価値とか反対感情併存などと訳されている心理学・精神病理学用語で、同一対象物に対する相反する感情あるいは態度が共存することである。

そこまで難しく考えなくても、三吉が非常に優しい性格だったことが、女性に好かれた一因かもしれない。

三吉が人当りの柔らかい男で、論争の際にも相手の言葉をよく聞いていた、とはよく聞くところだ。

詩人の御庄博実（本名・丸屋博）は『峠三吉を語る』（前掲書）の「『原爆詩集』とその時代想像力と批判精神と」における語りの中で、《詩人というよりはお姉さんというような女性的な感じの人で……》とか、《お兄さんというよりは女性的な感じを受けました》などと語っている。

また『作品集　下』（前掲書）の解説で増岡敏和は、《脱落してゆく人間に対しても、その脱落さへ自己の責任の一半として最後まで見放さなかった》と述べている。

だが人間だから、侃侃諤諤の議論をしているうちに、カッとなることもあるだろう。学生の頃、腹を立てさせたことがあると、のちに西日本図書主幹となり直接販売の雑誌『家庭教育』を発行するようになる切明悟から、聞いたことがあった。

また、三吉より年少であった且原純夫は、『全詩集』（前掲書）の解説において「或る少年の手紙」に触れ、27歳の青年（峠三吉）が、己を少年と規定する甘えについて述べている。中国配電（現・中国電力）の労働組合書記で、『広島文学サークル』（昭和二十四年三月創刊）を一人で編集していた且原純夫としては、育ちのよい峠三吉の坊ちゃんじみたところが、気になって仕方がなかったのかもしれない。

他方、尾山隆造によると、《晩年の峠三吉は人間不信に陥っていた》（『地平線』四四号）というが、三吉は生涯、敵よりは味方に支えられた生涯だったと言えるだろう。

かつて県庁の社会教育課に勤務していた新川貞之は、「峠三吉さん」（『ペンＨＩＲＯＳＨＩＭＡ』二〇〇五年上）において、課内に置かれた憲法普及会支部事務局の臨時職員となった当時の三吉の日常に触れたあと、《彼の詩は分かりやすく、しかも万人の心を打つ》と述べているが、これはごく一般的な見方といえそうだ。

こうした峠三吉の概観を示すものとして、没後一年より少し早く刊行された『追悼集』がある。

この題字は丸木位里、表紙は赤松俊子、カットは濱本武一と四国五郎で、峠三吉自身が書いたものとしては、「覚え書き」、「和子と治への手紙　和子の見舞に応えて」、「俳句抄」十七句（先述）、「短歌抄」十八首、「詩抄」十七篇などが載っている。

他方、六十二名による思い出や評論などがあり、三吉の業績については壺井繁治が、生涯については増岡敏和が、手術室よりの報告は坪田正夫が書いている。

坪田は大正十三（一九二四）年に広島市で生まれたレントゲン技師で、昭和十七年に肺結核に罹患、俳句・短歌・詩・短篇小説を作る。県立尾道保健所に勤務し、被爆二日後、救急医療隊に参加して広島に入市、一ヵ月近く救護活動をした。敗戦直後、備後の美学者・中井正一と出会い、山代巴、峠三吉らの文学活動と連携した。非定型句と短歌三首を収録した句画集『かの一ぱつの原爆に』を残して、肝臓癌で平成三（一九九一）年七月死亡した。《死屍（しし）焼く火風絶えしより三日月へ》などの句は、三吉がやめた作句を代りに詠んでいるように思えるときさえあるのだ。

他に「峠三吉のこと」（大田洋子）、「善意の人峠三吉」（吉塚勤治）、「峠三吉について」（野間宏）などが載っている。

さて没後の顕彰事業の大きなものとしては、峠三吉詩碑建設委員会（深川宗俊委員長）により十年目に平和公園内に詩碑が建立され、その後は碑前祭が続く。

出版関係で比較的早いのは広島詩人会議で、『でるた』七九号（一九七三年八月）を「峠三吉没後二〇周年記念特集」としている。

昭和六十二（一九八七）年には好村冨士彦により「広島文学資料保全をすすめる会」が生まれ、翌六十三年には伊藤真理子、三浦精子、池田正彦たちの努力で『峠三吉文学資料目録』が作られた。その年の夏には、広島市立中央図書館において、同館主催の「愛と平和のバラード・峠三吉文学資料展」が開催された。

これに関して、七月二十八日付『中国新聞』文化欄に、尾津訓三がその要点を書いている。すなわち、やさしい人というイメージを述べ、19歳当時の体重が約三十八キロだったことや、前年に発見された三吉のデスマスクのことなどを記している。

平成二（一九九〇）年には暮しの手帖社から、広島文学資料保全の会・編の『行李の中から出てきた原爆の詩』が刊行された。これには三吉の詩が二編載っていた。

没後四〇年企画としては岩崎健二の作画による「『風のように炎のように　峠三吉』が、平成五（一九九三）年六月に峠三吉記念事業委員会により発行された。このメンバーは丸屋博、久保浩之、岩井里子、下村仁一、四国五郎、村中好穂、深川宗俊、亀岡恭二、尾津訓三、田辺昭太郎、池田正彦たちである。

四〇年記念事業としては、さらに翌年七月に『ヒロシマの青春　私の中の峠三吉』が、ひろしまミニコミセンターの編集で発刊された。序文は御庄博実、編集後記的雑感が池田正彦で、河本一郎、久保浩之ら三十四名が執筆している。

五十年目の二〇〇三（平成十五）年には「峠三吉没後五〇年の会」を主体として、三月の碑前祭とその後の墓所「西応寺」における懇談会、シンポジウム、文学資料展・記念資料展の類が、複数の団体により異なる場所で開催され、盛大であった。

しかし、没後から今日までのうちで、もっとも熱っぽい盛り上がりを見せたのは、没後三〇周年の、演劇『河』を巡る動きだったように思われる。

土屋時子は、『広島県立図書館　友の会ニュース』第三五号に「見果てぬ夢——忘れえぬ舞台の感動を！」と題して、峠三吉と「われらの詩の会」の若者たちを描いた『河』の素晴らしさを述べているが、それでは演劇『河』を眺めてみよう。

第2節　演劇『河』のこと

原爆癌の告発に主眼を置いた先述の『ゼロの記録』に対し、土屋清の戯曲『河』は峠三吉を実名で主役にして書いたもので、行動し戦う峠三吉に焦点が当てられてゆく。

作者は、《必ずしも峠三吉そのものを描いている訳ではありませんし、伝記といったものでもありません》と、『峠三吉没後三五年・土屋清追悼公演台本』の資料部に書き残しているが、大筋としては実像に近いものであろう。

この劇は幾度も繰り返し上演されているので、比較しやすいよう、以下、西暦を主体として述べさせて頂きたい。

初演は三吉没後一〇年の一九六三（昭和三十八）年、八月三日の昼夜二回、劇団月曜会により、広島市公会堂で開催された。

そのときの台本は、広島市職場演劇サークル合同公演台本として残っており、三幕七場であった。以下、これを初稿と呼ぶ。「戦争と平和」戯曲全集第十一巻に収録されているのも、この三幕ものだ。広島勤労者演劇協議会機関紙第二二号（一九六三年八月二十五日）の『河』の公演を終えて」によれば《考え抜き悩みながらやり終えた、三ヵ月の稽古だった》という。

再演は翌六四年五月で、広島の地域劇団・月曜会による広島での上演台本は、土屋清氏が広島市立浅野図書館に寄贈し、現在は広島市立中央図書館郷土資料室に所蔵されている。以下、これを再稿と呼ぶ。

同年八月の京都公演の台本が第三稿に相当するが、これは公開されていないので、一九六五年三月のものが第三稿と呼ばれている。

三吉没後二〇年の第四稿では四幕ものになっており、この舞台写真も残っているが、これが一九七三年度の小野宮吉戯曲平和賞（第九回）を受賞したわけだ。

目に入りやすいのは、このときの第四稿と、全集にも収録されている初稿だが、再稿には、他の稿には見られない味と特徴があるので、ここではあえて、月曜会の三幕七場の台本（再稿）を底本として、概略を説明してみよう。

まず序曲では、〈強烈な旋律が一瞬。全く非現実的な色彩の夜〉という広島を暗示するような状況で始まり、〈声〉が新憲法について語ったあと、再び鋭い旋律とともに、一瞬ライトが、空を仰ぎ指さす群像を照らし出す。やがて光が薄らぎ、暗黒となったところから第一幕へ……。

第一幕第一場「絵の具」は、昭和二十三年の暮れ。広島の川のほとりのバラックに仮住まいしている詩人の峠三吉は、ときおり喀血しながらも文化運動や市民運動に力を込めて参加していた。これに見田要（青共の常任）や市河睦子（見田の恋人）が絡んで物語が展開してゆく。峠の友人の画家・浜崎等（他の稿では大木英作）は、自殺行為になるから止めるよう忠告するが、三吉は聞き入れない。峠には、叙情性に流れやすい自分の詩を克服しようという、切ない想いがあったのだ。それで病をおし、昭和二十四年の日本製鋼広島工場の争議応援に飛び込んで行く。

第二場「怒りのうた」では、「怒りのうた」や「共斗の誓い」などの辻詩を刷っているところから始まり、自作の詩が争議の参加者を揺り動かした手応えを感じ、詩人として生きる決心をする。そこで間奏曲が、鋭い一瞬の旋律から始まり、〈声〉が共産主義について語ったあと、第二幕となる。

第二幕第一場「八月六日」は、翌年の六月から始まり、峠の家の表には「われらの詩の会」事務局の看板が出ている。

第二場「一九五〇年の八月六日」は、原爆五周年記念日である。舞台上手約半分に市営アパートの一室がある。峠は父親の死後、前場までのバラックから、ここの三階に転居していたのだ。

第三場「蝶蝶」は、二ヵ月後の夜、ある公園の一角、だまって向き合う見田と市河。遠くで汽車の音、しばらく沈黙ののち対話。見田は政令違反で起訴されており、駈け去って行く。舞台が替わり、峠のアパートへ市河が見田の詩を届ける。

峠は、あちこちの集会に顔を出しながら詩を書き続けていたが、政治運動や労働運動には、厳しい圧力が加わっていた。

ここで、鋭い一瞬の旋律を伴う間奏曲が入り、〈声〉が日本国と連合国との平和条約署名について語り、〈声〉の後部にダブって第三幕への前奏曲が流れる。

第三幕第一場「ひろしまの空 1」ではアパートの中で「われらの詩」が刷られ、妻に呼びかけている峠の声が流れる。

第二場「ひろしまの空 2」は二日後、西条療養所の個室。峠と二人の女性。一人が出たあと、病院の医師が入ってきて、ベッドのかたわらに腰を下ろし、彼に手術の件を話しかける。〈大きな気持ちで、科学を信じて下さい〉と告げ、そのあと峠は妻に〈必ず生き抜いて見せるよ〉と言うのだった。——ときどき付近の演習地から、砲声や機関銃の音が聞こえてくる。

このあとに、終曲として死後の報告と、峠三吉の「その日はいつか」の朗読が続いて、〈幕〉となる。

ここで一応の区切りとして、この中で使われている詩を列記すると、次の如くである。すなわち、峠三吉の「絵の具」「八月六日」「怒りの歌」「一九五〇年の八月六日」「その日はいつか」の他、第二幕第三場では御庄博美の「蝶蝶」（『われらの詩』八号から）や、（第三幕第二場では林幸子の「ヒロシマの空」（『原子雲の下より』所収）などである。

この『河』は再演をくり返し、各地域の自立劇団だけでなく、専門劇団の劇団民芸、東京演劇アンサンブル、関西芸術座などによる全国巡演も行なわれた。

以後は四幕ものの第四稿によることが多いと思われるので、その構成を記しておくと次のようになっている。

第一幕　《絵の具》
第二幕　《怒りの歌》
第三幕第一場《八月六日》
　第二場《一九五〇年の八月六日》
　第三場《ひろしまの空》
第四幕　《その日はいつか》

第四稿では、以前の台本の第三幕の最後に登場した〈医師〉は出てこない。だが、第二幕第一場の終り近くで、詩を読みながら峠三吉が喀血したとき、峠の家に来ていた仲間の一人が、春子（峠夫人・和子）に、「奥さん、〈かかりつけの〉先生は？」と尋ねると、峠の妻が、「吉田先生です」と答える。すると別の仲間が、「俺、知ってる、行ってくる」と跳び出すのだが、この吉田医師のモデルは第三章第4節に述べた米沢医師である。

ちなみに、峠の妻・原田和子の実の姉である小西信子は「峠三吉忌によせて」の中で、《かかりつけの医者は舟入本町の米沢先生でした》と言っている。

さて、峠三吉没後三〇年の場合も第四稿だが、このときは早くから盛り上がっており、『河』の上演に先立って、「河と峠三吉をむすぶ会」が結成された。「峠三吉没後三〇周年記念『河』上演委員会」（八丁堀、共和ビル内）が、第一回例会を開いたのは、一九八三年四月十一日（月）の十八時から、中区幟町の「クエスト」においてであった。

このときのチラシは参加を呼び掛けたもので、他のチラシには「期待しています」として米倉斉加年、北林谷栄、林光、四国五郎、亀岡恭二らが意見を述べている。『河』が生まれて今日までとして一九七三年・劇団月曜会、一九七五年・劇団民芸、一九七五年・劇団さっぽろなどのスチール写真も出ている。

一九八三年八月二日から五日まで、於・見真講堂のパンフレットを眺めてみよう。
スタッフ：演出・原洋子、補演出・飯田信之、舞台監督・岩井史博、照明・山中清行、音楽・岡田和夫、舞台装置・岡島茂夫、演技指導・藤沢薫、衣装・小道千勢美、大道具・木村憲文、宣伝美術、タイトル・四国五郎、制作・池田正彦、田辺昭太郎、柳本通彦、亀岡恭二、武田隆良、日高敬之、
キャスト：峠三吉（松浦信介）、その妻・春子（原洋子）、見田要（篠原五郎）、市河睦子（山口時子、倉田優子）、吉沢勝（大木英作）、鈴木凱太（小倉茂）、鈴木せき（青木裕己子、見宝ナオミ）、増田正一（高尾六平）、吉本久子（光永千秋）岩井美代子（京本千恵美、立花厚子）、その他青年たち多数。

なお、このパンフレットの中で、弁護士の相良勝美が《「河」は、なぜ川でなく「河」でなければならないのか》という一文を書いているが、それを読んだとき私は、『原爆詩集』の中の詩「河のある風景」を思い出し、次の句も脳裡をよぎったのである。

五月雨や河をみて立つ傘一つ

観劇組織・広島市民劇場の『五〇年のあゆみ』によれば、この公演は一九八三年六月の特別

例会として取り入れてある。

一九八八年に「峠三吉没後35年・土屋清追悼公演」として、六月二十二日から二十四日まで県民文化センターで上演されたものも第四稿だった。

なお余談ながら、二〇一二年八月七日と八日に広島市榎町のアッカー劇場において、井上ひさし作「父と暮せば」が上演されたが、この演出と父親役をした佐々木梅児は、一九七五年に劇団民芸が『河』を公演したとき、見田要役をした人だった。

少し横道に逸れたが、ここらで他の分野における峠三吉顕彰の跡を追ってみよう。

第3節　峠三吉残照

没後の顕彰はデスマスクの作成から始まった、と言ってもよかろう。そこには峠三吉の面影を残したいという、仲間たちの意志が働いていたに違いない。これを作ったのは、濱本武一たちだと言われているが、濱本は追悼の歌も残している。

峠三吉よぼくらはともに世の犠《に》えぞくるしきことのみうけて生きしよ
林檎一つを手にして峠三吉よなどて死の手術にすすみてゆきし
ゴンドラの唄を涙で唄ひゐし峠三吉はつひに消えたり

この「ゴンドラの唄」とは、《いのち短し　恋せよ乙女…》で始まる、吉井勇・作詩、中山新平・作曲の、大正デモクラシー時代の大ヒット曲だ。ここには革命的反戦詩人・峠三吉の姿はなく、叙情詩人・三吉の面影であった。そして武一は、なんで手術なんかしたのかと、繰り言を述べ、二人に共通する障害者としての痛恨の生涯に触れるのである。

じつはこれこそ、武一を三吉に結びつけた主な要因だったが、三吉の側からも同じようなことが言えたに違いない。

正田篠枝の峠三吉を詠んだ短歌は、第四章第3節の創作の中で示しておいたが、深川宗俊は歌集『連禱』の中で、次の三首をはじめ三吉を数首詠んでいる。最初の歌は『日本の原爆文学⑬詩歌』にも収載されている。

三吉とともにかかわりし詩の会をたどりゆくヒロシマ心の系譜
ふくませし綿花のふくらみもそのままに峠三吉のデスマスク在り
デスマスクにとりたる君の詩の貌の微光の中にああ〈原爆詩集〉

峠三吉が創刊に関わったという佐伯好郎の広島アテニアム協会は、あまり大きな成果は残さなかったようだ。

しかし、佐伯の論説で発禁となった『廻廊』は、杉山赤富士の長女・八染藍子（本名・杉山園絵）主宰のもとに、いまも俳誌の重鎮として続いている。なお『廻廊』一六九号（昭和三十五年七月）の連載エッセイ「昭和二十年」の中には、終戦前の昭和二十年二月の会合に《作家の中井正文先生の顔もみえている》というところがある。この中井は同人誌『広島文藝派』の代表である。

なお、廿日市町（現・廿日市市）には、廿日市ペンクラブが生まれ、平成二（一九九〇）年に『はつペン』を創刊した。現在は『西広島ペン』と改題しているが、この会長も八染藍子である。

他方、事務所のあった堀川町のピカソ画房二階は、現在は日本画材階になっているが、三吉たちが目指した芸術の社会化は、形を変えて続いていると言えそうだ。

峠三吉が出入りしていた昭和二十年代前半の社長は佐渡久男であったが、昭和五十八（一九八三）年に娘婿の花沢良章氏に社長を譲った。現在はその長男が三代目社長となり、次男が佐渡家を継いだ。峠三吉没後40年企画を眺めると、資料提供・協力者の中に、佐渡千鶴子（久男の妻）の名も見られた。いずれも創業者の精神を忘れてはいない。

その峠三吉自身も絵を描いていたせいか、画家の友人も多かった。

昭和二十三年、袋町小学校で「平和美術展」が開催され、いろんな都市で平和を謳う美術展が開催されている。

第一回「広島平和展」は、三吉没後の昭和三十年に故・柿手春三を代表として八月四日から八日まで、平和記念館で開催され、以後も毎年、八月六日を前後する期間に開かれている。主な画家は、柿手春三、下村仁一、木谷徳三《きや》、四国五郎たちで、アンデパンダン（自主独立）制を採っており、多くの書画の他、写真、工芸、「いけばな」も参加した。

木谷は、三十四年に「詩人の死」と題した抽象画風の作品を描いており、画集には次のような言葉が付けられている。「一緒に文化運動をしていた詩人の峠三吉の死を悼んで描いた」と。

彼らの中で、絵描きとしてもっとも縁の深かったのは四国五郎だ。五郎と三吉の生前における交際は第二、三章で述べたが、広島平和展（現・広島平和美術展）が創立されると、事務局長になった。峠の詩碑の設計デザインも担当したし、「峠三吉没後五〇年の会」の呼びかけ人の一人であり、峠の肖像画を寄贈している。

下村仁一は文団連（文化団体連絡会議）にも関与していた。

ちなみに文団連の丸屋博代表委員は、広島市民劇場五〇年のあゆみ『挑戦から生まれる未来』への祝辞の中で、占領下とはいえ文化を創造する若者たちのエネルギーが拡がったことを指摘し、《峠三吉らの「われらの詩の会」の運動も確実にその一翼を担っていた》と述べている。

没後二七年の一九八〇年には、広島労働会館の4階で増岡敏和と山口勇子の講演会が開かれ、大木正夫（一九〇一～一九七一）作曲のグランドカンタータ（交声曲）「人間をかえせ」（東芝LP版）も、披露された。整理券五〇〇円であった。

大木正夫は、静岡県磐田郡中泉町（現・磐田市）の生まれ。ほとんど独学で作曲家となり、交響曲第五番「ヒロシマ」や第六番「ベトナム」などを作曲している。

先述のように、没後二〇年には『でるた』が没後二〇周年の特集を出したが、没後三〇年の昭和五十八（一九八三）年には、二月に発行された『詩民』一〇号が「没後三〇年特集」を出している。

演劇については前節で述べたが、輝本親孝が編集した大月洋演劇稿の『ロンドの青春』の中で、大月は「峠　三吉のこと」と題して、映画「ひろしま」に出演のため来広した山田五十鈴、岸旗江、原保美らから朗読の相談を受けたとき、峠の『原爆詩集』を薦めたことを記している。これは『広島民衆劇場機関紙』第三号（一九五四年六月一日）から転載したものであった。

没後四〇年企画に加わった峠三吉記念事業委員会のメンバーとしては、丸屋博、久保浩之、岩井里子、下村仁一、四国五郎、村中好穂、深川宗俊、亀岡恭二、尾津訓三、田辺昭太郎、池田正彦らの名前が残っている。

それでは少し分野を変えて、書道のほうを眺めてみよう。

峠三吉の詩を書道の中に活かしたものがあることをご教示賜わったのは、広島平和美術協会運営委員の芹村・井下春子で、『第50回記念広島平和美術展作品集』（二〇〇四年八月）を見せて下さったのである。

その中には鶴舟・坂本進（福山市神辺町在住）の作品があったが、それは三吉の詩「八月六日」第二連の初めの四行だった。坂本鶴舟は亀山書道会の代表であり、『原爆詩集』を主体とした峠三吉の詩を二十数点も揮毫している。現代詩文書作品展の運営委員であり、その九回展では『原爆詩集』所収の「その日はいつか」を取り上げていた。この詩は1から6までの構成となっているが、5の最初の部分、《ああそれは偶然ではない》で始まる一節を出しており、第十一回、第十二回にも三吉の詩を書いている。

さらに今年（二〇一二年）の第五八回「ひろしま平和美術展」には、三吉の詩「呼びかけ」の初めの四行を揮毫しているが、その彼が推奨したのが清鶴・森下弘だった。

森下清鶴（広島市佐伯区五日市中央在住）も、多くの三吉の詩を揮毫している。高屋雲帆、倉島黄道、坂本鶴舟たちと相談して近（現）代詩文書展を催し、のちには平野泰山も参加するが、その代表委員として現代詩文書展の概念の普及や、現代詩文書広島研究会の発足に尽力してきた人だ。

その第五回展で、小田孝子は「人間をかえせ」と題して三吉の『原爆詩集』の「序」の後半を、ひら仮名を一部漢字に置き換えて出品している。

一九八二年五月の第十二回展は、テーマを「ヒロシマの心（国連軍縮特別総会によせて）」としたもので、三吉の詩も多くの人によって書かれていた。運営委員の坂本鶴舟は「八月六日」を出しているが、このときは最初の二連を書いており、木谷馨子は『原爆詩集』の「序」の全文を出している。（運営代表の森下はラッセル・アインシュタイン宣言および自作詩「今年も」抄ならびに自作詩「緑のドーム」を出している）

この第十二回展で目立つのは、中学生たちが三吉の詩「墓標」抄の共同制作をしていることだ。実名で出ていたが、ローマ字のイニシャルにさせて頂いた。

君達よ　T・K
もういい黙っているのはもういい　S・M
戦争を起こそうとする大人達と　N・M
世界中でたたかうために　O・A
そのつぶらな瞳を輝かせ　G・T
その澄みとおる声で　K・N
ワーッと叫んで飛び出して来い　M・R

森下清鶴の書作品集『ヒロシマ』（一九八二年七月）には、『原爆詩集』の「序」の全文が書かれており、『広大書道一期二人展作品集』（平成二十三年七月）には、三吉の詩「面影」の二行目までが、「面影は…」として載っている。全文は次の通りである。

面影は　虹のごとくに
言の葉は　微風のごとくに
わが胸に　永遠《とわ》に生くるを
汝は　知らず
知らずして
老ひゆきぬるを――

この初出は『地核』第四号（昭和二十三年十二月）で、峠三吉全詩集『にんげんをかえせ』（前掲書）では「みつぼし小曲抒情詩抄」中に、『峠三吉作品集　上』（前掲書）では「抒情詩集3」に載っている。私も好きな詩だ。

また森下清鶴は、『現代詩文書作品集』（一九八二年十二月）の「はじめに」の中で、

《戦後ほど遠くない頃、といっても広島駅前の広島百貨店が出来てから、とすれば直後でないことは確かですが、峠　三吉などの詩を書いた書作展がありました。（後略）》

と記している。どこの主催だったか解らないままだ、と述べているが、特に峠三吉の名前が出ていることは、彼の詩が分かりやすいことにもよるのだろうが、ともかく早い時期から書かれており、いまに至るまで書き継ぎ、語り継がれてきたことは確かである。

これは峠三吉顕彰事業などという大袈裟なものではなく、多数の人々の心の中にしみ込んでいる、と考えてよいであろう。

話が少し拡がり過ぎたが、峠三吉が戦後に行なった文化活動は、間接的にではあるが、現在の文化活動の各所に、残照のような形で尾を引いたようにも思える。顕彰事業の最後に、もう一度、俳句のことを考えてみたい。

第4節　再び俳句について

峠三吉の文学歴の中で、もっとも早く離れたのは俳句だった。しかし俳句こそが、三吉文学の基調を成していたように思われる。

生死の狭間《はざま》を彷徨《さまよ》った青年・三吉の、生きる便《よすが》となった一つが俳句だったのかもしれないし、あるいは短歌や詩も一連のものだったかもしれないが、その本質、思想的背景などは、どのようなものだったのだろうか。

三吉文学の基調と考えられる俳句に関して言えば、阿部誠文は彼の著書『峠・左部』の中で、

《（峠三吉は自分の俳句を）主観を容認せる伝統に根ざしたる新興》

と規定していたとし、左部赤城子からの影響についても触れている。

この「主観」とは、子規以来の「客観」写生に対峙するものだから、三吉の俳句が伝統墨守でなかったことは確かだろう。

ところで問題は「新興」だが、これは新興俳句のことを言っている。すなわち昭和六年から十五年までのあいだ、反伝統・反ホトトギスを旗印に近代的革新を目指した運動のことである。

この中には近代的叙情や表現様式の革新と、思想性や社会性の追求とがあった。前者は純粋に俳句の問題で、無季・非定型が含まれるが、ここに戦争が影響してくる。すなわち「前線想像俳句」という、非伝統的なものが生まれた。昭和十二年頃のことだ。三吉も作っているが、周囲を詠んだ「銃後俳句」もある。

後者は左翼と看做され、昭和十五年から十八年にかけて、官憲による『京大俳句』などを中心にした新興俳句弾圧事件へと繋がってゆく。

新興俳句が勃興しだした昭和六年といえば、広商に入った三吉が短詩型文学に興味を持ち始めた頃だが、長兄の一夫はすでに旧制三高（現・京都大学）を放校されており、十五年といえば、次兄・匡はすでに病没し、長兄・一夫は満州に渡っていた。家庭内での左翼の影響はなくなっていた、と考えてよいが、新興俳句など、俳句の世界からの影響はなかっただろうか？

この場合、三吉が師事していた左部赤城子の態度が気になってくるのである。

左部赤城子と峠三吉の師弟の仲が極めて密接だったことは、すでに指摘されているところだが、『赤城子句集』にご令室の左部珠子が、「赤城子に」と題して「あとがき」的に記した一文に、《広島の原爆詩人、峠みつぼし（三吉）さん》と名を挙げているところをみると、直接会ってはいなくても、相当の親交があったものと思われる。左部赤城子の作風に関しては第一章第2節において触れておいたが、もう少し述べておきたい。

赤城子俳句における行分けは、すでに『我等』時代の「海路歴程」で使っており、阿部誠文は昭和八年頃と推定している。吉岡禅寺洞の多行形式が昭和十年からだとすれば、赤城子の試みは早かったといえる。

テーマも表現も新しかった。エスプリの新しさと言ってもよい。

三吉は形式より内容、その内宇宙に魅せられたのであろう。この形式は昭和十四年以後の『新大陸』時代の「ふるさと」でも使っている。実作の例を挙げてみよう。

春泛くか
ふんぷた金《ごん》の陸《くが》遠く
白桔梗
ぬれて祭がとほくある

夜の氷河きゝつゝゐたり花とゐたり
アコオデオン雲の呼吸器もち笑う

鷲とべる種族の記憶雲が絶てり
およぐおよぐ白雲《くも》へうへうと太陽《ひ》にふかれ
樹凋《こぬれ》きぬうれ葉みぎらふ朝光《かげ》を
淼々《へうへう》と太陽《ひ》ふり影ゆき光《かげ》きたり
蝶うまれ天上のものみな濡る、
海落暉象《かたち》あるもの天に見き
赤き馬中天に吊り秋風裡
芳ゆれてそらのそらいろ眸《まみ》にしむ
雲秋の梢《うれ》のしづかさ日のしづかさ

太陽を「ひ」、梢を「うれ」、眸を「まみ」、「光」に「かげ」とルビをうっているのは、珍しい使い方だ。梢や眸に関しては、三吉も十七年に俳句や短歌で使っている。

女医の眸《まみ》いのち露《あら》はの吾《あ》を佇《た》たす
オリオンにまむかふ頃となりにけり時雨《しぐれ》に濡れし梢《うれ》冴えざえと

ところで左部赤城子は天体や遠方への憧憬や初源への旅のあと、日本回帰を起こしている。すなわち太平洋戦争（大東亜戦争）の始まるまえ、死亡前の昭和十六年には戦争賛美になっている。表現様式の革新という点では新興俳句の側に在ったが、思想的には左翼でなく、右寄りだった。

三吉にも戦争詠はあるし、時勢が要求した懸賞募集にも入賞しているが、さりとて熱狂的な戦争賛美はなく、当時の一般的な日本人の範囲を超えるものではなかった。いや、むしろヒューマニズムを失わない冷静な目を持っていたのだ。

あるいは、多少意地の悪い表現をすれば、確固とした思想を持たない、年齢の割には自己定立の前提のない、非常時にふさわしくない青年だったと言えるかもしれない。

一般的に峠三吉の詩や、俳句・短歌などの短詩型文学は叙情的だとされている。増岡敏和はじめ、峠三吉を抒情詩人とする者は少なくないが、阿部誠文による「幻視の世界」という見方は鋭い切り口である。

三吉文学には、いくらかファンタジー的・怪談的・SF的な部分もあったと言えそうなのだ。俳句については一章で、天体志向的な作品群も紹介したが、ここに改めて「幻視の作品群」を並べてみよう。

星凍る夜なり人形は壁に寄る　（昭和十二年、以下、昭和は略す）
雛の灯の雛の世のみを照らしをり　（十三年）
春の闇木々しんしんと眠らざる　（〃）
水底の藻界の昏み人の貌　（〃）
虫噎び星より露の散る夜かな　（〃）
蚊帳さらさら月光を吸ふ魚となる　（十四年）
蜂の兵青空《そら》のそらなる城に拠《よ》る　（〃）
欠け月が短夜《みじかよ》の墓地に幽かなり　（〃）
あてどなき死魔よ吾《あ》を呼ぶ星がある　（〃）
死屍室を出て来て虫の声とゐる　（〃）
雲の翳を眉にゆっくり巻く時計　（〃）
梅雨暗く柱鏡の夜の貌　（〃）
夕晴れの雲に眸放ち君はオゾン　（十五年）
空に埋る夕月《つき》をみていし秘密かな　（〃）
ひらひらと雪降り月夜ゆくひとり　（〃）
ふと醒むや夏暮時の穹《そら》無限　（十六年）

レントゲンの真闇に衣脱ぐ独り　（〃）

昭和十五年の「月夜ゆくひとり」は、「月夜を一人で歩いて行く」のではなくて、「月夜を歩いてゆく人たちの中の一人」なのだ。自分を見ている——幻視・幻想の描写だが、第二章第4節の《真夜中写す手鏡の貌われを覗く》には、現実の恐怖が混じっている。

さて十六年の最後の句は、レントゲン連作の中の一つである。「ひとり」でなく「独り」となっているのは、暗闇の中の孤独も表わしたかったのであろう。他方、それを眺めている三吉もいるのだが、幻視描写は弱くなり、十七年以後は消えてゆく。

これらの句には無季が多いが、よく味わうと「超季」と言ったほうがよさそうである。超季というのは、有季俳句と無季俳句に分ける考えを否定し、季語・季感の有無を問わず、詩感（ポエジー）を優先させ、俳句を超季語・超季感の十七音詩として捕えることだ。

これは昭和十年頃、新興俳句の無季俳句論争の最中に、「季感のある時は有季俳句を、ない時は無季俳句を詠む」（日野草城）という無季容認論を止揚した認識なのだ。冨沢赤黄男、渡辺白泉、西東三鬼などが代表で、山口誓子が昭和十一年に無季容認と峻別して、「超季感」「超季感派」と規定したのが始まりである。

難しい話になったが、昭和十二年に、三吉は口語俳句も作っている。

ピアノ弾く手を南風《はえ》がくぐります
青磁色の花瓶と春を惜しみます

この柔軟な精神は、またしても私を遥かな宇宙へと誘うのであった。

表面的には関係のないことだが、今年、平成二十四（二〇一二）年七月十六日に、昨年他界した小松左京の偲ぶ会に相当する「小松左京に出会う会」が大阪で開催された。この会の第2部で、小松が原作・脚色・総監督をした映画『さよならジュピター』が上映されたが、このときふと、峠三吉の木星の出て来る俳句・短歌を思い出したのである。

かね叩き木星早く傾きて
木星を人に指差し教へつつふとしも思ふ君住む方《かた》と

ジュピターこと木星は、太陽系中最大の惑星で、赤道に平行した数条の帯は今は淡いが、十数個の衛星を持ち、漢名では歳星とか太歳という。そして三吉の俳句は、左部赤城子の影響の有無に関わらず、すでに詩的だったのだ。昭和十五年作の、次の句を見て頂きたい。

眩暈《くるめき》――何処かでくずれ落ちる黄金の輪
（匂ひの）溶暗――、沈みゆく陶片、ひらめいて

俳句とは省略の文学であるが、俳句で写生される事実は、叙事詩で語られる事実とは同じではない。

また、三吉の短歌は俳句と同じモチーフで詠んだものが少なくないが、もともと俳句は短歌の前半が独立したものだから、ある程度までは当然である。

ただし俳句は、理屈ではなく感性で詠むものであり、どちらかというと思想を表出するには適していないだろう。その点では、むしろ短歌のほうがよいし、しかも三吉の短歌は人生詠が多く、俳句におけるほどの異端性は認められない。

逆に言えば、彼の俳句は短歌以上に、もしかしたら詩以上に訴えるものを持っていたのだ。広島で被爆し、『原爆詩集』で名を残した峠三吉は、絵を描き音楽を愛したマルチな芸術家だったが、戦前にはSF的とも言えるような俳句も詠んでいた……この新しい視点からの解釈は、36歳で死んだ薄幸な詩人への、一つの顕彰になるのではあるまいか。

戦前で終ったかに見える短詩型文学、とりわけ俳句に注がれた三吉の資質とエネルギーは、戦後の反戦・反核のエネルギーの基となったに違いない。

ただ、その座標軸変換のためには一定の時間、タイムラグが必要だったのだ。その、いわば虚の期間に起こった精神的葛藤が、峠三吉の基礎疾患や放射線障害に相乗効果を及ぼし、彼の寿命を縮めたように思えるのである。

あとがき

私は、峠三吉の研究者というほどの者ではありませんし、活動家でもありません。

それに生前の峠三吉さんとも接触はありませんが、これまで峠さんについて教えて下さった友人・知人が亡くなられるのを見るにつけ、自分なりに独自な見地から纏めておきたい、と思うようになりました。

旧制中学時代の同級生で、広島文学資料保全の会の初代会長だった好村冨士彦教授の死亡が平成十四年、峠三吉に関する著書の最も多い増岡敏和さんは平成二十二年、『中国新聞』記者時代から峠三吉の取材をしておられた海老根勲さんは、私より若いのに今年、平成二十四年に他界されました。被爆している私が傘寿を迎えたことは、なんとも心苦しく、余計、気持ちが急《せ》かされだしたのです。

そうした折今年二月二日の『中国新聞』に、「原爆詩人の峠三吉生活復興象徴―平和アパート建て替えへ」という記事が載っていました。

この市営平和アパートは、戦後間もない昭和二十三年、平野町（現・中区昭和町）に建てられた鉄筋四階の3棟、計七二戸であり、峠三吉は昭和二十五年から亡くなる二十八年まで、3号棟で暮らしたのでした。第三章で述べたように、ここから京橋川を眺めて作ったのが「河のある風景」で、その一部を刻んだ詩碑が敷地内に建っています。本書を纏めようとして近くを散歩したのは、夏も近づいた頃でした。まだ居住者がおられるので、目障りにならぬよう詩碑のまえも、そっと通り抜けるようにしたのですが、それでもいろんな情景とともに川に関わる句が思い出されるのです。

川涸《か》れぬ霊柩車《れいきゅうしゃ》揺れ遠ざかる
屠牛場河岸の夕陽にまみれたり
海に出でゆくさくら花片《はなびら》川五月
街をぬけて川底をゆく貝一枚
川蒼く流るる見ては帰り睡る

これらは昭和十二年から十六年までの作品です。やがて太平洋戦争――十二月八日がなかったら、八月六日もなかったろうにと悔やまれますが、彼の本質は抒情詩人・幻視の俳人であり、今後顕彰されるべきは、彼の文化的ボランティア活動でしょう。

さらに言えば、今後に期待される峠三吉の精神内界に関する研究は、俳句などの短詩型文学の発掘や、戦前の日記の精査が必要不可欠だと思われます。

こうした研究をすすめるために、古い日記やボツになった俳句などが多くの人の目に触れるようになればと、切望している昨今です。

ずいぶん散漫な一冊になってしまいましたが、本書が出来上がるまでには、じつに多くの方のお世話になりました。本稿の執筆に際し各種の助言を賜った左記の方々に、お礼を述べさせて頂きます。

相原由美、池田正彦、石川逸子、伊藤真理子、井下春子、岩崎文人、海老根勲、奥村斉子、小川加弥太、於保信義、切明千枝子、久保浩之、好村玲子、坂本鶴舟、白井史朗、砂本健市、千場弘子、田辺昭太郎、土屋孝子、土屋時子、寺島洋一、輝本親孝、峠鷹志、長津功三良、花澤良章、濱本豊子、原時彦、平本伸之、福谷昭二、増岡敏和、三浦精子、御庄博実、水島裕雅、務中昌己、村上啓子、森下弘、森脇政保、八染藍子、山本光珠、米沢幸恵（以上、五十音順・敬称略）

最後になりましたが、上梓に際し諸般のご配慮を賜わった、文学仲間でもある木村逸司・溪水社社長と、校正・装丁などでお手数をおかけした西岡真奈美さんに深謝します。

主な参考文献

（文献は発表年月順に並べ、西暦か和暦かは奥付に従いました）

吉井魯斎編『日支事変俳句・川柳壱万句集』日支事変俳句・川柳報国会、昭和十三年三月
峠三吉『原爆詩集』新日本文学会広島支部・われらの詩の会、一九五一年九月
峠三吉『原爆詩集』青木書店、一九五二年六月
峠三吉・山代巴編『原子雲の下より』青木書店、一九五二年九月
峠三吉追悼集出版委員会、われらの詩の会編『峠三吉追悼集　風のように炎のように』峠三吉出版委員会、われらの詩の会発行、一九五四年二月
今堀誠二『原水爆時代―現代史の証言―（下）』三一書房、一九六〇年八月
土屋清「河」（『テアトロ』第二三九号、一九六三年九月）
大江健三郎『ヒロシマ・ノート』岩波新書、一九六五年六月
大橋喜一「ゼロの記録」（『テアトロ』第二九八号、一九六八年五月）
峠三吉全詩集『にんげんをかえせ』風土社、一九七〇年十月

増岡敏和『八月の詩人』東邦出版社、昭和四十九年六月
左部珠子『赤城子句集』赤城子研究会、昭和四十九年六月
峠一夫・増岡敏和編『峠三吉作品集　上』青木書店、一九七五年七月
峠一夫・増岡敏和編『峠三吉作品集　下』青木書店、一九七五年八月
中原中也『中原中也詩集』彌生書房、昭和五十年九月
ルイ・アラゴン、大島博光・訳『世界の詩集13アラゴン詩集』角川書店、昭和五十一年五月
阿部誠文『峠三吉・左部赤城子――戦争前夜の俳句』はるひろ社、昭和五十三年十二月
広島市沼田公民館『若杉慧と郷土』中本本店、昭和五十四年三月
小西信子「峠三吉忌によせて」（『反戦被爆者の会会報』峠追悼特集号、一九八二年二月）
豊田清史『広島県短歌史』溪水社、昭和五十七年四月
森下清鶴監修『現代詩文書作品集』現代詩文書研究会、一九八二年十二月
中野孝次他十三名の編集世話人『日本の原爆文学⑬詩歌』ほるぷ出版、一九八三年八月
永尾幹三郎『佐伯万葉史の研究』溪水社、昭和五十九年十二月
増岡敏和『原爆詩人ものがたり　峠三吉とその周辺』日本機関紙出版センター、一九八七年八月
土屋清「峠三吉のこと、『河』への思い」（『峠三吉没後35年・土屋清追悼公演台本』資料部、一九八八年三月）
広島市企画調整局文化課・峠三吉記念事業委員会編『峠三吉文学資料目録』広島都市生活研究会発行、一九八八年八月

広島県監修『広島県文化百選⑥作品と風土編』中国新聞社、平成元年三月
深川宗俊『連禱』短歌新聞社、一九九〇年八月
岩崎文人『広島の文学』溪水社、一九九一年十月
坪田正夫『かの一ぱつの原爆に』新樹社、一九九二年七月
小川加弥太・於保信義・編『面影』原爆ガンと取組んだ町医者於保源作、溪水社、平成五年一月
岩崎健二・作画『風のように炎のように　峠三吉』峠三吉没後四〇年企画、文化評論、一九九三年六月、
田村洋三『沖縄県民斯ク戦ヘリ』講談社、一九九四年三月
ひろしまミニコミセンター編『ヒロシマの青春　私の中の峠三吉』峠三吉記念事業委員会、一九九四年七月
伊藤真理子・詩／山崎盛夫・絵『あしたきらきら』スュック ル、一九九四年八月
広島文学資料保全の会・編『さんげ　原爆歌人正田篠枝の愛と孤独』社会思想社、一九九五年七月
村上啓子『ヒロシマ　こどもたちの夏』溪水社、一九九五年八月
輝本親孝・編『ロンドの青春　平和と演劇を愛した大月洋《ひろし》の足あと』民劇の会、一九九六年三月
広島市教育委員会文化課編『ドラマ・ドリーム』広島市都市生活研究会、一九九六年三月
渡辺力人「被爆者の死に自然死はない」(『原爆と文学』原爆と文学の会、一九九九年三月)
御庄博実『御庄博実第二詩集』思潮社、一九九九年六月
岩崎清一郎「広島の文学――ゆかりある作家たち(五)――」(『梶葉』Ⅶ、溪水社、一九九九年八月)
鈴木比佐雄編『浜田知章全詩集』本多企画、二〇〇一年四月

寺島洋一『雲雀と少年／峠三吉論』文芸社、二〇〇一年六月
好村冨士彦「『原爆詩集』の成立に立会う」（『新日本文学』六三一号、新日本文学会、二〇〇二年三月）
三浦精子「広島図書と教育雑誌「ぎんのすず」をめぐる人々」（『芸術研究』第一五号、平成十四年七月）
御庄博実『ヒロシマにつながる詩的遍歴』甑岩書房、二〇〇二年八月
げいびグラフ編集部編『ふるさと文学紀行』菁文社、平成十五年二月
第50回記念広島平和美術展作品集記念発行実行委員会編『第50回記念広島平和美術展作品集』広島平和美術会、二〇〇四年八月
松尾雅嗣・池田正彦編『峠三吉資料目録』ＩＰＳＨＵ研究報告シリーズ研究報告Ｎｏ．32、二〇〇四年十月
池田正彦・松尾雅嗣編『峠三吉被爆日記』ひろしま平和科学コンソーシアム、平成十六年十二月
山本光珠「天の藍」（月刊短歌誌『真樹』通巻第八七四号、平成十七年七月）
長津功三良『長津功三良詩集』土曜美術社出版販売、二〇〇五年八月
阿部誠文作成「俳誌編年大系統図」（『俳句』七〇〇号、平成十七年十二月）
福谷昭二「短詩による頌詩の構成詩」（『ペンＨＩＲＯＳＨＩＭＡ』二〇〇六年・上、平成十八年七月）
米田栄作『米田栄作詩集』土曜美術社出版販売、二〇〇六年八月
長津功三良・鈴木比佐雄・山本十四尾編『原爆詩一八一人集』コールサック社、二〇〇七年八月
土屋時子「見果てぬ夢――忘れえぬ舞台の感動を！」（『広島県立図書館　友の会ニュース』第三五号、平成十九年十二月）

寺島洋一「「われらのうた」と峠三吉」（『地平線』四四号、平成二十年四月）
相原由美「癒えたきかなや――歌人　峠みつよし――」（広島ミニコミセンター編『峠三吉を語る　くずれぬへいわを』広島に文学館を！　市民の会、二〇〇八年七月）
上田由美子『八月の夕凪』コールサック社、二〇〇九年五月
水島裕雅「峠三吉と「われらの詩の会」」（『原爆文学研究』8、二〇〇九年十二月）
ジョン・W・トリート著、水島裕雅・成定薫・野坂昭雄監訳『グラウンド・ゼロを書く　日本文学と原爆』法政大学出版局、二〇一〇年七月
峠三吉研究資料「三人が語る峠三吉とその周辺」（『地平線』四九号、平成二十二年十月）
岩崎文人編『広島県現代文学事典』勉誠出版、二〇一〇年十二月
黒川伊織「峠三吉「墓標」と一九五〇年夏の広島」（『原爆文学研究』9、二〇一〇年十二月）
友田智代「峠三吉と私――島陽二への手紙」（『地平線』五〇号、平成二十三年四月）
渡辺玲子「原発をめぐる文学面からの話」（『医家芸術』五十五巻秋季号、平成二十三年十二月）
福谷昭二「広島市域の抒情詩の様相（1）」（『火皿』一二六号、二〇一二年二月）

【著者略歴】

天 瀬 裕 康（あませ・ひろやす）

本名：渡辺　晋（わたなべ・すすむ）

1931年11月　広島県呉市生まれ、

1961年３月　岡山大学大学院医学研究科卒（医学博士）

現　在：日本ペンクラブ、日本ＳＦ作家クラブ、現代俳句協会、
広島ペンクラブの各会員。短歌雑誌『あすなろ』同人、
『広島文藝派』同人

主著書：『ジュノー記念祭』（溪水社、2010年８月）
『闇よ、名乗れ』（近代文芸社、2010年11月）
他、天瀬裕康名義で著書多数
渡辺晋山句集『金婚式』（私家版、2012年５月）

峠三吉バラエティー帖

――原爆詩人の時空における多次元的展開――

平成24年11月15日　発　行

著　者　天 瀬 裕 康

発行所　株式会社 溪水社

広島市中区小町１－４（〒730-0041）

電　話（082）246－7909

ＦＡＸ（082）246－7876

E-mail：info@keisui.co.jp

ISBN978-4-86327-198-2　C0095